春潮NOV+

回
　　到
分
　歧
　　的
路
　口

# 幸 福 的 形 状

广　末　的　思　考　地　图

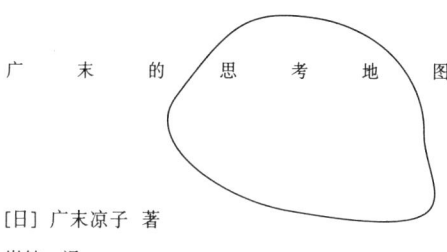

[日] 广末凉子 著
崔健 译

中信出版集团 | 北京

图书在版编目（CIP）数据

幸福的形状 /（日）广末凉子著；崔健译. -- 北京：中信出版社，2024.10
ISBN 978-7-5217-6203-7

Ⅰ.①幸… Ⅱ.①广…②崔… Ⅲ.①随笔—作品集—日本—现代 Ⅳ.①I313.65

中国国家版本馆 CIP 数据核字 (2023) 第 232389 号

広末涼子エッセイ『ヒロスエの思考地図 しあわせのかたち』
( HIROSUE RYOKO ESSAY "HIROSUE NO SHIKO CHIZU :
SHIAWASE NO KATACHI" ) by 広末涼子
Copyright © 2022 Ryoko Hirosue
Original Japanese edition published by Takarajimasha, Inc. Chinese translation
rights in simplified characters arranged with Takarajimasha, Inc. Through Japan UNI Agency, Inc.,
Tokyo Chinese translation rights in simplified characters translation rights
© 2024 by CITIC PRESS CORPORATION
ALL RIGHTS RESERVED

本书仅限中国大陆地区发行销售

**幸福的形状**

著　　者：［日］广末凉子
译　　者：崔　健
出版发行：中信出版集团股份有限公司
　　　　　（北京市朝阳区东三环北路 27 号嘉铭中心　邮编　100020）
承　印　者：北京盛通印刷股份有限公司

开　　本：787mm×1092mm　1/32　　印　张：9
插　　页：16　　　　　　　　　　　　字　数：150 千字
版　　次：2024 年 10 月第 1 版　　　 印　次：2024 年 10 月第 1 次印刷
京权图字：01-2023-5998
书　　号：ISBN 978-7-5217-6203-7
定　　价：59.80 元

版权所有·侵权必究
如有印刷、装订问题，本公司负责调换。
服务热线：400-600-8099
投稿邮箱：author@citicpub.com

- 本书由 2020 年 6 月至 2022 年 3 月写成的原稿编纂而成,文中所述事件及日期皆为当时的情况。

- 本书引用了部分名人的语录,在《附录 1:书中提到的名人及其简介》中做了简单介绍,敬请参阅。

- 本书引用的语录出处在书后《附录 2:引用文献一览》中做了汇总。

# 前言

我是一个积极的人,但有时情绪也会低落。

我总是乐观地觉得明天会更好,即便如此,也会遇上那种昏天暗地的时候。

我出生和成长于南方高知县,自带那方水土滋养出的乐观天性,喜欢各类祭典活动,喜欢与人打交道,爽朗而快意。单凭活力满满,一路横冲直撞到今天。

因此,我应该是给人们传递了正面的能量,带去了笑容吧!

那么,能不能在"表演"之外的世界也帮人们打气?能不能不用"演员"的身份而以其他方式给他人以支持?就在即将步入四十岁之际,我开始思考这些问题。本书也便应运而生。

在此之前,我从来没想过改变世界或试图发出自己的声音,觉得那根本就不是我该做的事。但后来随着自己慢慢变得成熟,在某个瞬间我突然觉得,或许我也可以将自己的人生体验和对生活的感悟如实写下来,而不仅仅局限于作品(角色)的表达。

回顾人生,在我试图"追寻自我"的时期,是哲学家们的言论给我提供了近乎"答案"的回答;每当我的想法混沌、难以成形时,哲学家们的思考方法总能给我启发,令我的思绪变得清晰而具体。

在读高中和大学时,我的书包里除了几册剧本以外,一定同时装着哲学书。

时光流逝,现在的我已经彻底踏入不惑之年,四十一岁的我仍然充满了困惑,和孔子说的截然相反。但我还是想试着把那时喜欢的句子和重返哲学世界的感悟写下来。我不愿安于现状,更想在人生的转折点上尝试新的挑战。基于以上想法,我人生中第一篇小作业就诞生了。

本来是想写成"我喜欢的哲学语录 100 句"的,但这一次没能按计划完成,请大家见谅。

我选取了一些曾给我带来力量、为生活增添了色彩、让未来充满了活力的话语。除了哲学语录，也选取了一些我喜爱和尊敬的女性说过的话。

与此同时，我把自己的经验和想法也原封不动、无伤大雅地一并附上，遂成此书。

惭愧的是，广末凉子并非作家，她写出的文章恐怕在各位看来会显得表达力不足、可读性欠佳。

但只要能让各位欣然一笑，产生些许共鸣，多少增添一些活力，我就已经很开心了。

# 目 录

## 第一章 我是谁？他人又是谁？

01 过于在乎自己 / 002
　　有些事，现在的我就是做不到

02 存在的不可思议性 / 005
　　任何一件事，都不是独自一人就能完成的

03 支撑乐观主义的是努力 / 008
　　嘿，总有办法的！一定没问题的！

04 把目光聚焦自己 / 011
　　我能否做到经常和自己交流？

05 挫折使人成长 / 014
　　能不能因祸得福，全取决于当事人自己

06 为我流泪的挚友 / 018
　　大学放榜日，我懂得了朋友存在的意义

07 信念和将来紧密相连 / 023
　　《这个杀手不太冷》是我电影人生的起点

*08* **精神上要持续前进 / 027**
　　《灌篮高手》教我勇敢和专注

*09* **朋友的脚步声 / 031**
　　身处霸凌风暴中央,是她拯救了我

*10* **完全不想回到过去 / 036**
　　活在当下,尽全力好好生活

*11* **星星掉落后不过是石块 / 039**
　　我至今也没有爱马仕铂金包

# 目 录

## 第二章 演员这份工作

12 是搭档，更是同伴 / 046
   我成了小时候羡慕的"片场里的大人"

13 需要树立人设吗？/ 049
   故作成熟，只不过是给自己戴了一副面具

14 何谓"工作做得好"？/ 052
   我只想全心全意地投入角色

15 不要拼命过了头 / 057
   用朋友开解我的办法，开解发小

16 短发作战方式 / 060
   传递信息的手段不只有"语言"

17 时间的使用方法 / 064
   多亏了繁忙的学生时期和演艺生涯

18 经纪人的献身 / 068
   艺人经纪人——很难，很苦，很默默无闻

19 以不安为食量，为跳板 / 073
　　拍法庭戏的日子里，思考"不安"

20 以俯瞰的视角去观察 / 077
　　用演员的视角观察生育中的自己

21 　所谓职业病 / 081
　　在《入殓师》拍摄现场，借演戏释放情绪

# 目 录

## 第三章 在爱和成长中尽情绽放

22 女性与嫉妒 / 090
我不认为"女性的嫉妒心通常很强"

23 当女性决定"离开" / 093
成年女性的生活中有诸多不易

24 所谓爱 / 096
相爱的前提,是拥有爱的能力

25 先拥有独处的能力 / 100
四十岁,我在"爱"的道路上才刚刚起步

26 不要忍耐过了头 / 104
肾盂肾炎让我重新思考"忍耐"这个美德

27 别被"女性化"框住 / 109
"你以为蔬菜是从冰箱里长出来的吗?"

28 女性与家务 / 114
不存在女人就该如何如何、男人就该怎样怎样

29 **分手的积极面** / 118
当爱走到尽头，从心底接受"分别"

30 **恋与爱** / 121
"恋上一个人"和"爱上一个人"是不同的

31 **不被周遭的眼光束缚** / 125
我想成为香奈儿那样的人

32 **笑是会传染的** / 128
小学时期的大发现和"凉子笑容战术"

33 **和自己的弱点好好相处** / 132
我要去哪里认识伐木工？

34 **女性前辈** / 135
冈本太郎纪念馆之行，我遇见了敏子女士

35 **有皱纹又怎样** / 139
抵抗衰老不如优雅老去

# 目 录

**第四章 对孩子不能抓得太紧，也别怕爱得太多**

36 不想忽视孩子 / 146
   打破了坚守十七年的原则

37 玩耍与育儿 / 150
   和孩子一起尽情吃喝，放松休息，畅快玩耍！

38 信赖孩子 / 154
   保护孩子，也要教会孩子独自生活的能力

39 育儿要不间断地学习 / 158
   白颊黑雁和卢梭给我的育儿启发

40 五岁的天才 / 162
   会唱《红辣椒》，也能包出形状好看的饺子

41 让自己开心的傻事 / 166
   我希望孩子们尽情扩展自己的可能性

42 和孤独做朋友 / 170
   年长的人未必凡事总能走在前面

43 职场妈妈的梦想 / 173
   做家务和照顾孩子可没有假期

44 重新认识"危险" / 176
   如果飞机坠海,为了减轻自重救我的孩子……

45 母亲的幸福感 / 179
   如果没有当演员,我可能会生很多孩子……

46 幸福的形状 / 183
   家人是自己创造的幸福,我的幸福完全来自家人

# 目 录

## 第五章 游走在偶然和必然间隙的人生

**47 接纳不幸 / 190**
那些"不幸"和"受苦"的时刻,让我成长

**48 人终有一死 / 193**
活着的时候,不要让自己后悔

**49 人是不完美的 / 196**
正因不完美,才想要向更好更强的自己靠近

**50 持续是一种力量 / 199**
二十五年来,我都在从事演艺工作

**51 "我"的存在 / 204**
《布拉格之恋》:生命的轻与重

**52 先忍耐六秒 / 208**
我们应该做自己情绪的调解员

**53 中年危机 / 212**
接受人生的每一次变化,我不会意志消沉和气馁

54 梦想成真的秘诀 / 215
　　假设你想用十四秒跑完一百米

55 我的幸福论 / 219
　　找些美好的小事来打发空闲时光

56 别再物化人 / 222
　　珍视每一个人，别再继续用数字代替人

57 做自己力所能及的事 / 226
　　变化无处不在

58 年龄和判断力 / 230
　　人的魅力在于"为了生存经历过多少事"

59 偶然与人生 / 233
　　"凉子，这就是人生啊！"

# 目 录

后记 / 238

**附录 1　书中提到的名人及其简介** / 241

**附录 2　引用文献一览** / 250

**附录 3　参考文献一览** / 255

私とは何か、他者とは何

第一章

我是谁?他人又是谁?

一味在乎自己的人，会因为过于在乎自己，而最终变得孱弱。

——弗里德里希·尼采

# 01

## 过于在乎自己

## 有些事，现在的我就是做不到

我先生有时候会这样说我："凉子你可真固执啊。"

有次录制一档节目，美轮明宏帮我占卜，就是用那种据说通灵的东西给我看了看。后来他也说道："你是个固执的人吧？"

我完全不觉得，反倒认为自己是那种能听进别人意见、能接受导演指导，还颇能做到随机应变的人呢。

不过，几个月前先生提议我和他共享谷歌日程表，这件事我确实没有去做。对我来说，我会和经纪人在TimeTree（共用行事历）上共享工作行程；除此之外，类似需要预约保姆之类的事，我会在通信软件LINE上沟通联络，而孩子们的日程安排和上课外班等事宜，则会写入家庭日程表中。

我通常用邮件和课外班的老师联系。大儿子在外留学，从学校发来的英文邮件数不胜数。日本的幼儿园和小学常常会使用应用程序"MACHICOMI"和"RAKURAKU联络网"发信息，可随时查看。先生的提议（愿望）意味着我要多完成一项不得不做的电脑任务，因此，每日被家务和工作围追堵截的我，就把这件事先置于一边了。

最近我意识到，这可能就是他们认为我"固执"的原因吧！到现在我写稿子都还是用手写，而且不用手机记日程安排，更喜欢写到自己的记事本上。这是我的天性——总是无法改变自己的固有原则。

逃避自己不擅长的事，由着性子来，结果只会让自己越来越弱。我理解尼采说的话，明白这样做的危害。

我应该更加努力拓宽自己的视野，更新自我啊。

即便如此，让现在的我去共享谷歌日程表，确实还是有些做不到——或许根本就做不到。

我思故我在。

——笛卡尔

# 02
## 存在的不可思议性

## 任何一件事，都不是独自一人就能完成的

笛卡尔的这句经典太有名了，所以当我突然意识到的时候才发现，我好像从来没有深入思考过这句话的真正含义，只是觉得笛卡尔真是一个爱思考的人，他通过思考确认了自己的存在。

但是说真的，如果换作是我会怎样？能确认我存在的东西是什么？进一步而言，我究竟是谁？

你思考过这个问题吗？我想，应该有很多人在日复一日的奔忙中，错失了思考这个问题的时机。

在思考"'我'是谁"这一问题的过程中，可以体会到哲学世界的乐趣。

说起来，正是因为要探索"我是谁"这一问题，

不断追寻其答案，我才在读高中时一本接着一本地阅读心理学和哲学书籍。后来发现，原来我找不到的答案和无法言表的思绪，哲学家们都已经写在书中提示我了，那些内容帮助当时的我理清了思路。

那么回到现在：我是谁？曾经我怎么都找不到这个问题的答案，不，更恰当地说，答案那时还并不存在于我内心的任何地方。同样的问题，现在的我会如何作答呢？

如今，我有两个身份：演员和母亲。拥有两份事业：演戏和育儿。我正在做的事无外乎表演、传达、表达、抚育、守护、共同成长。

这样试着写出来后，我意识到：其中任何一件事都不是我自己一个人就能完成的。在做的每件事都需要他人共同参与。如果没有观众和听众，没有孩子们和家人，这些事情就丝毫没有意义。

我虽然是我，我又不完全是我。看起来是我，但我又何尝不是"他人"，在与他人相互依存？正是因为这个世界上有他人，我的存在才得以成立。有"他人"，"我"才能熠熠生辉。因为有他人存在，我才存在。

这就是现在的我给出的答案。

悲观主义是情绪决定的,乐观主义是意志决定的。

——阿兰

# 03

## 支撑乐观主义的是努力

第一章 我是谁？他人又是谁？

## 嘿，总有办法的！一定没问题的！

我对阿兰这句名言深有感触，同时也希望真的是这样。

人之所以会变得悲观，一定是遭遇了失败，直面了现实的惨痛，遇到了不好的事情，或者发生了什么事让我们对所有人都失去了信任。

那段时间的夜晚，人往往会极其低落，情绪彻底陷入谷底，甚至会有不如一死了之的想法。

但是到了早上又会怎么样呢？

以下是我的一己之见：当朝阳洒进客厅时，虽然心情不会彻底变好，但多少会有些被拯救的感觉吧？

虽然问题尚未解决，但是和一味低落消沉的夜晚不同的是，人的思路会改变，会有"怎么做才能恢复情绪呢?""加油，一定会有办法解决的!"这样的想法。大家有过这样的时刻吧?

这太不可思议了。

夜晚到白天情绪的转变，这不就是阿兰所说的"情绪决定"的证据吗?

之所以能产生积极地朝着某个目标前进的意志，是因为拥有乐观主义，因为自己能这样去想："嘿，总有办法的!一定没问题的!"

如果对自己的想法没有信心，毫无来由地感到焦虑，那么捷径就是努力让自己拥有那种可以积极乐观起来的能力。

比起深陷于情感的旋涡，悲伤痛切地泪眼蒙眬，或者因人性本恶而沮丧，我们更应该做的是相信自己的意志，去追寻目标和梦想，找到解决问题的实际方法。

难的是认识自己,简单的是忠告他人。

——泰勒斯

# 04

## 把目光聚焦自己

## 我能否做到经常和自己交流？

对我来说，"给他人忠告"并不容易。考虑对方的情绪和立场自不必说，还应当了解整件事的来龙去脉和背景，做不到这些就不能轻易地去"忠告"对方。

所谓"忠告"，是指真心地指出对方做得不好的地方，给出建议。"忠告"不是指责对方的缺点和过错——只有对方家人才能做到这种程度——而是满怀真心地规劝。

但如果不把"忠告"以文字的形式表达给对方，也不说出来让对方听见，而只在心底给对方建议，"忠告"就变成一件容易的事了。

每个人可能都有过类似"为什么他会做出那种

事、说出那种话"的疑惑,进而会想"希望他不要那样做""如果他这样做就好了",大家或多或少都有过这种经历吧?

我们常常会在心中向他人(对方)表达不解,并提出建议,但对于我们自己呢?

对自己,恐怕每个人都包容大度得多吧?

我们能否做到严于律己,经常和自己交流、反躬自问呢?

最难的是认识自己。

现在的我终于站到了人生的转折点上,往后的日子里,我不打算抱着一种饱谙世故的态度,而是会把目光聚焦在自己还不了解的事物和"未知的自己",认真度过每一天。

一个人面对挫折的方式,决定了他是一个怎样的人。

——卡尔·雅斯贝尔斯

# 05

## 挫折使人成长

## 能不能因祸得福，全取决于当事人自己

我有一个从小玩到大的伙伴，他就像我的亲哥哥一样。在我上高中的时候，他遭遇了人生的第一个重大挫折。

从一开始找工作，这位哥哥就认定了一家公司，经常去那里，交了好多朋友。公司也肯定了他的能力和人品，还说已经内定他了，但就在发布公告的前一天，公司联系他说取消了他的内定资格。

那天，哥哥没有吃午饭和晚饭，整整一天都待在房间里没有出来。认识他以来，从没有见他这样过。

我为既努力又充满自信的哥哥感到难过，但出乎意料的是，他的父母却说出了这样一番话："他从来没

有经历过这么大的挫折，这一次对他来说是很宝贵的经验。"

这样啊……是这样吗？但是哥哥好可怜。

那天晚上，哥哥终于从房间走了出来。他问了我一个问题，这个问题让我思索至今。

"凉子，你觉得这个世界上存在不经历失败就无法懂得的东西吗？"

聪明优秀、体育全能、温柔善良、广受欢迎的哥哥在向我提问。

不，他这是在问自己。但不管怎么说，我必须先想出一个能安慰他的答案！一瞬间，我的大脑以高于娃娃机中的机械臂一百倍的速度在高速旋转。

"我认为，有人会从失败中学到东西，也有人会因失败而怨恨、嫉妒，反而展示出人类不得体的一面。与此相对，有人因为取得成功而变得宽厚，但也有人因为成功而变得傲慢不逊。"

那时，十几岁的我绞尽脑汁只为想出一个答案，根本没有工夫去捕捉哥哥听到答案后的反应。我给出的答案是不是他想要的，能不能稍稍缓解他的不甘，有没有多少让他感觉好受些，我无从得知。

那时的我涉世未深，对人生、他人和世界都还没有深入思考过，这已经是那时的我能给出的最用心的答案了。

如今的我，有些懂了。

挫折使人成长，失败让人强大。但能不能因祸得福，全取决于当事人自己。任何经验都必须自己亲身经历，都有价值。

没有人愿意过百善俱全而独缺朋友的生活。

——亚里士多德

# 06
## 为我流泪的挚友

## 大学放榜日，我懂得了朋友存在的意义

仍记得大学入学考试在不安和纠结中告一段落，终于迎来了揭晓成绩的日子。那天从一大早开始，新闻节目和体育报纸上就热闹起来。"广末凉子会被大学录取吗？""广末凉子会成为继吉永小百合之后被早稻田大学录取的女艺人吗？"到处是诸如此类的标题。有的电视台甚至大张旗鼓地打出了"来自现场的实况转播！！""在大学成绩合格榜告示栏前为您带来报道！"这类标题，不停循环播放。周刊杂志更是早在考试前，就把我的志愿公之于众。

那时我才工作没几年，连"演艺圈"的"演"字都还不明白，还是个高中生。这么热闹的场面无疑是世

人对我的期待。我无法独自承受这种压力，一度连大学入学考试都不想参加，好在有父母和恩师的支持，才终于重拾初心，一步步走到了这一天。

但是……现在这是什么状况啊！简直是我人生中最差劲的一天。

我自己也很震惊，世人对我个人的一次选择就这么感兴趣吗？

有人说我能被世人关注该心存感激，还有人说我就是自我意识过强，但不是这样的，现在的问题是，媒体只是在用我参加考试这件事制造娱乐话题，只想把它作为节目素材。如果镜头下那块张贴合格榜的告示栏里没有我的考号，那可怎么办？

不安的情绪在心里盘旋，我虽然坐在高中教室的椅子上，却完全听不到老师在讲什么。我感觉自己就像在大海的深处，孤身一人。

那天课间休息时，像往常一样，我想找同级的好友聊聊天，好让自己的心情平复下来。走出教室后，却看见好友在走廊上哭泣，另一个朋友正摸着她的头安慰她。看到这一幕，我赶紧跑了过去。那时我还不知道她为什么哭，只是一个劲儿地想让她的情绪好转起来。

等到下一节课间休息时，另一个朋友来告诉了我好友哭泣的原因。

好友是在为我而哭。听说她有几个同班同学看了今天早上的新闻报道后，买了体育报纸带去了教室，翻开文娱版块取笑我。"那家伙不可能考上！""怎么可能一边进行演艺活动，一边又能被名牌大学录取呢？""看把她厉害的，真让人讨厌！她要是落榜就好了。"

在我看来，同学们有那些想法很正常。大家进入优选班都是以考上六所名牌大学为目标，为了提高成绩都在拼命学习，站在他们的角度，我很理解他们为什么那么说我。

但是近距离目睹这一幕的好友却很生气，不想继续听他们嘲笑我，于是冲出教室，在走廊上哭了起来。听说她很不甘心，泪流不止地说："凉子明明那么努力，我都知道。"

了解这些后，我心中的阴霾一扫而空，感觉自己变得所向披靡了。

起码我有了一种感觉，不管媒体会有什么反应，甚至是大学入学成绩合格与否，我都全然不在意了。

我已经不在乎了，它们不会再让我感到困扰，因为我有朋友陪着我，这就够了。我从来没有想过会有家人以外的人为我哭泣。

我有为我而流泪的挚友，夫复何求？其他都不重要了。

我，天下无敌！

所谓信念,并非只是单纯地相信某件事是真的,这还不够,远远不够。信念是要让一件事变成真的。

——维克多·弗兰克

# 07

## 信念和将来紧密相连

## 《这个杀手不太冷》是我电影人生的起点

"有信念就会梦想成真。"

我也这样认为。

稍微换一种说法,就是——"只要从心底相信,那就总有一日会实现。"

一直以来,我想见的人总会见到。听起来好像是胡说八道,但的确如此。

举个例子,我上中学的时候看了人生中第一部外国电影《这个杀手不太冷》,被深深吸引。虽然从懂事起我就梦想成为一名演员,但在上中学之前我却完全没有看过外国影片,看的都是宫崎骏导演的长篇动画电影。至于外国电影,我一直以为只要外国人一出现,就会"死人""流血"。可以说我对外国影片抱有一种彻彻底底的偏见。

这种无来由的偏见影响了很久，初中二年级之前我从没看过外国电影。

或许是因为之前在电视节目《周五首映秀》上看到有关劫机的影片太过恐怖，有了心理阴影；也或许是周三悬疑剧场的开场音乐和画面过于可怕，导致我晚上九点就钻进了被窝。这些是我没有机会在电视上看外国电影的原因。

有点儿跑题了，总之，看《这个杀手不太冷》的时候，娜塔莉·波特曼的演技震撼到了我。影片在日本上映时她十四岁，而拍摄的时候她才十二岁，这在日本是会被称为儿童演员的年龄，但是影片中的玛蒂尔达无疑是一位"女性"。

"我的同龄人中竟有这么优秀的女子！她的年龄跟我相仿，演技却如此出色！"

在那之后，我看了吕克·贝松导演的所有作品，也读了《这个杀手不太冷》的原著，然后边读边想象镜头走位和影像。

这就是我电影人生的起点。

有信念，就会想象，就会期待，然后就会成真。

转眼间到了1999年，《圣女贞德》在日本上映之际，影片宣传推广期间，我见到了吕克·贝松导演，后来2001年在《绿芥刑警》中得以与他共事。

再然后，2009年《入殓师》获奥斯卡金像奖最佳外语片奖，那年娜塔莉·波特曼担任最佳摄影奖的颁奖嘉宾，我见到了她，还和她说上了话。

我相信现在做的事都会和自己的将来息息相关。每天好好生活，心中常怀希望和梦想，便能让信念成真。

我也认为，"有信念就会梦想成真"是有可能的。

在精神上必须不停前进。

——罗莎·卢森堡

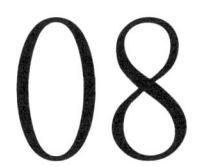

# 08

## 精神上要持续前进

## 《灌篮高手》教我勇敢和专注

问个问题，你喜欢看漫画吗？

就像罗莎·卢森堡说的一样，"在精神上必须不停前进"，许多漫画作品都蕴含了这样的信息。

我的漫画人生是从《灌篮高手》（井上雄彦）开始的。念小学高年级之前，我是一个像男孩子的女孩，参加运动队，周末都沉浸在迷你篮球的比赛中，就连课间休息也总是在玩足球或足垒球。那时从来没看过漫画这种东西，大概也因为从小妈妈就对我说："看什么漫画，多读些书吧！"（虽然我听妈妈的话没看漫画，但也没有读书。）

我是在堂哥家里命中注定般邂逅了《灌篮高手》，

我的挚爱之书。堂哥参加了学校的篮球部，偷偷向我推荐了他最喜欢的《灌篮高手》，从那以后，每次去堂哥家，我都能度过一段悠悠闲闲看漫画的时光。上中学后，我天天都在翘首企盼还没出版的单行本能赶快上市。我永远忘不了，上高一的时候《灌篮高手》迎来了最终话，我躺在自己房间的床上，看着樱木花道和流川枫的名场面号啕大哭。看完最后一幕时精神恍惚地仰躺在床上，呆呆地盯着天花板动弹不得，等回过神来才发现橘色的夕阳已经染红了窗外的天空。

"不到最后一刻，绝不轻言放弃，如果你放弃的话，比赛就到此结束了。"安西教练的这句经典台词，灌篮迷们无人不知。看到三井大哭着说"我想打篮球"，我学到了说出真心话的勇气；樱木花道背着同伴练习跳投，反复默念着"左手只是辅助"的场景，深深打动了我，让我意识到专注去努力是如此美好。

邂逅《灌篮高手》之后，我几乎只看男性漫画家的作品，例如松本大洋、手冢治虫、尾田荣一郎等，总之就是完全没有看少女漫画。也可能是出于这个原因，我才"多此一举"地把罗莎·卢森堡的名言和漫画联系到了一起。男性漫画作品中大多富含着对于运动要素、冒险精神、战斗和胜利的执着及热情，也就是说，情节中如果没有表现精神层面持续的前进和成长，故事就没有办法展开。

如果你想让自己拥有积极乐观的心态，不妨去看看漫画。勇往直前不回头！不顾一切向前冲！虚构世界里有时也有好东西呢。

能助你穿越暗夜的既不是桥，也不是翅膀，而是朋友的脚步声。对这一点我深有体会。我们都身处暗夜的中央。

——瓦尔特·本雅明

# 09

## 朋友的脚步声

## 身处霸凌风暴中央,是她拯救了我

我永远也忘不了初中一年级时白色粉笔在黑板上写下的班级授课评价,那是十分糟糕的一天。

不好的预感全中了,果不其然,我们的班主任——体格健壮的体育老师猛地推开教室的门,怒气冲冲的。

对了,"班级授课评价"就是字面意思,是各科老师对每天课堂上学生们的学习态度和整体情况做的评价。每堂课结束后,任课老师会在黑板右侧的表格里填入 1—5 分的等级评价(提出这个建议的,正是握力 80 千克以上、单手就能劈开苹果、被太阳晒得黝黑的班主任 T 老师)。

得到"1"这个等级的课堂评价，T老师自然很生气，但他却用十分温柔的语调问道（这样反而更让人毛骨悚然）："谁来说说这是怎么回事？"说完便一言不发。他的笑容像厉鬼般若面具上的一样可怕，这气势让平时总爱调皮捣蛋扰乱课堂秩序的男孩子们都一瞬间安静下来，教室里变得鸦雀无声。

紧接着，男生中的"带头大哥"、总是拿别人开玩笑的A说道："老师，因为B在课上说话了！"

全班哄堂大笑起来。

B在班上总是被欺凌的对象。在课上，B确实像平时一样被"带头大哥"A和他的同伙们欺负得躺倒在地上，嘴里吵吵嚷嚷地喊着"别这样，你们在干什么"。在我看来，这是霸凌。也就是说，B是班里公认的可以被公然欺负的对象。

虽然T老师在问"这有什么好笑的"，但他难道没有看透"带头大哥"A的真面目？开什么玩笑？我生气得不行，举起了手。

"广末，怎么了？"

"B又不是傻子，怎么可能自言自语？"

我的这番发言，让全班发出了比刚才还要大的笑声。

第二天，我替代了 B 的角色，而且被霸凌地更严重。简单来说，我过上了被全班同学当空气的日子。

我和同学打招呼，对方完全没有反应，最初我简直不敢相信。没想到 A 不仅是男生的老大，居然也控制了全班女生……

日复一日，每一句"你好"都没有回应，课间休息时当然没有人和我聊天。我也受够了窃窃私语的人群向我投来的眼神，于是一下课就离开教室去走廊上待着。

我知道，是我举手发言惹怒了"带头大哥"A，他下令让全班同学都不要和广末说话。算了，我也不想别人因为和我说句话就变成下一个被霸凌的目标。

我很乐观地想："和初一一班的同学说不了话就说不了吧，等到初二换班后就会好的！"实际上，要强的我一点儿也不觉得自己被霸凌了。

我的态度反而激怒了他们。他们的霸凌手段升级了。

有一次学校开全体大会，结束后回到教室，我发现原本挂在椅背上的校服外套不见了。那天放学后学校给家里打去电话，说在厕所的马桶里发现了我的外套。后来妈妈告诉我，学校那边的解释是，有人（不法入侵者）趁着学校开大会教室没人偷偷干的，这件校服校方只能扔掉了。

不管别人怎么对待我，此前乐观的性格和积极的思考方式总让我觉得"算了吧""总会过去的"，但在这件事上，我却觉得很对不起父母。他们因此必须给我买件新校服，而且这件事让我母亲多少察觉到了些什么，让她担心了。这件由我而起的事让我陷入反省。

被霸凌的日子一天天持续着，下课铃一响我就跑到走廊上待着，而五班的绘里每次都会和我聊天。我居然已经忘记了当时和她都聊了些什么，又是怎样成为好朋友的，但是有一点不容置疑，是她拯救了那时的我，她也成了我"最好的朋友"。

我现在已经四十多岁了，每次回老家，不管停留的时间多短、行程多么匆忙，我都一定会见她一面，她对我来说是很重要的人。

或许那时我正处于"暗夜"的中央。只是我自己并没有意识到。

我很感激绘里，那时主动接近我，并一直陪伴我到现在。

对我来说，绘里很重要，朋友很重要。

如果一个人不管十四岁、二十岁还是四十岁都尽百分之百的力好好生活,那么他是不会想要回到过去的。

——朱丽叶·比诺什

# 10

## 完全不想回到过去

## 活在当下，尽全力好好生活

十四岁，我第一次通过了试镜，也是在这一年抓住机会开始了梦想中的演艺事业。二十岁，我度过了十几岁那几年在日本演艺界积累经验、快速奔跑的时光，还出演了一部法国电影，不知怎的，当时体会到了一种"成就感"。独自离开日本去海外挑战，这段经历增加了我的信心。二十岁对我来说是一个可以重启事业的年龄。

然后就到了四十岁，就是现在的我。经历了二十几岁和三十几岁的种种失败和挫折后，终于明白人生是不可能按照自己预想的那样发展的，我也觉察到要想让自己走出黑暗隧道，唯有努力。

朱丽叶·比诺什是我最喜欢的演员之一，她的女儿在十四岁时曾对她说："妈妈会因为我年轻而嫉妒我吧。"不知道孩子是从哪里学来的，怎么会有这样的想法，朱丽叶·比诺什用文前那句仿佛凝结了她整个人生体悟的话回应了女儿。

如果未来某天我的女儿也这样对我说，或许我只能用同样的方式回答她吧。不管是十四岁、二十岁，还是四十岁，我都在尽百分之百的力好好生活，所以我完全不想回到过去。

星星掉落后也只是石块而已。

——桃井薰

# 11
## 星星掉落后不过是石块

## 我至今也没有爱马仕铂金包

我特别喜欢桃井薰女士。

桃井薰女士是一个很可爱、很酷、很有趣、很正直、很努力、很直率的人。

第一次见到桃井女士的时候,我才十几岁,在一个单集剧里,桃井女士饰演一位作家,而我饰演作家的代笔。那次合作之后,我们私下也会联络和见面,我得到了桃井女士的不少疼爱。

桃井女士总是叫我"广广"。

叫我"广广"的人,到目前为止(或许今后都)只有桃井女士一个人。她叫"广广"时的声音语调、那种亲切的感觉,包括表情动作,所有一切我都好喜欢。

正因为星星存在于遥远的宇宙，所以地球上的人才能看到它们闪闪发光的样子。星星也好，钻石也好，宝物也好，它们的价值都会因为看的人、拥有的人不同而有所不同。"事物的价值是由自己决定的"，这种声明般的句子很有桃井女士的风格。

我也可以像她一样自由自在地判断事物的价值吗？

我可以像她一样给出自己对事物价值的判断标准吗？能够在不受外表、刻板印象和成见束缚的前提下做决定吗？

我本身就对时尚不敏感，对名牌不感兴趣，也不怎么在意宝石和奢侈品，总体来说，我认为自己是一个不随波逐流、不追逐流行的人。

前些日子，我从百货商店买完东西乘出租车回家，看到我提了那么多购物袋，司机师傅说道："买了不少东西呀，真让人羡慕！"看上去他认出了我是广末凉子。

完成了今日必买物品清单，那时的我成就感满满的，同时也有些筋疲力尽，于是只附和着对司机师傅笑了笑（本来是想敷衍过去的），但是司机师傅继续轻松地延续着话题："肯定也有喜马拉雅吧？真让人羡慕！"（喜马拉雅作为爱马仕的顶尖手袋，被称为"梦幻铂金包"。）

"咦？喜马拉雅是什么？"我不禁问道。

没想到司机师傅便从前女友送的礼物聊到爱马仕铂金包的价格，滔滔不绝，侃侃而谈。

全程我只能附和着，其实已经困得不行了，但睡不着，一路上都在听司机师傅说故事。

那时我意识到，原来大家有一种"艺人＝拥有铂金包的人"的刻板印象。

那天购物纸袋里装的是做晚饭的食材、给家人的生日礼物，还有准备送给片场同事的小点心等，我自己的东西一件都没有。另外很遗憾的是，我至今也没有铂金包。

固有想法和刻板印象真是很可怕啊。

如果能不被成见束缚，就能拥有像"星星掉落后也只是石块而已"一样的独特见解。坚持自己的价值观，不被固有观念、迷信和任何东西限制，这种生活方式是我所憧憬和渴望的。

凡事不要急于抄近道找到答案,而是要认真地把握当下的每一刻。

——广末凉子

女優という仕事と向き合う

第二章

# 演员这份工作

工作就是来结交同伴的。

——歌德

# 12

## 是搭档,更是同伴

# 我成了小时候羡慕的"片场里的大人"

伯特兰·罗素有句名言："那些和周遭环境格格不入的年轻人在选择职场时，总会尽可能地去争取那些能让自己结交志同道合同伴的工作机会。"

我是十四岁开始工作的。一个爱运动的乡下女孩从懂事起就怀揣着成为一名演员的梦想，多亏了在当地小书店找到的一本《试镜》杂志，让她有机会站在了起跑线上。

上初中时，每个周末我都会从老家高知县坐飞机到东京工作，至今仍记得持续的紧张感和迫切地想要将学到的一切都消化吸收、化为己用的心情。

那时在工作中遇到的都是比我年龄大的成年人，

既不是朋友，也很难说是熟人，在我看来，他们是另一个世界的人。

如今我已经四十岁，不知不觉间，职场里比我小的人突然多了起来。我成了小时候羡慕的"片场里的大人"，甚至比那时的他们还要年长一些。

这样一想，我发觉自己和工作人员、同行的关系，以及意识层面上对彼此关系的认知，都自然而然地发生了变化。

现在仍和我一起工作的化妆师、造型师、摄影师、经纪人，这些长期以来和我共同奋战的"同人"（我年轻时内心是这样称呼他们的）无疑是我的"同伴"。对我来说，他们是搭档，是战友，更是同伴。

过去二十五年，为了取得更好的成绩、实现更高的目标，我们专注地投入每个当下、每部作品。然而演艺界新老交替频繁，从各种意义上来说都很残酷，因此我们会自然而然地选择十分专业、志同道合的同伴，大家携手并肩（他们无疑是我最宝贵的财产）。

有这么多同伴在我身边，何其幸福！从今往后，希望能永远这样下去。

再次感谢大家。

经常戴着面具生活的人,他的人生是没有乐趣的,内心也无法安稳。

——塞涅卡

# 13

需要树立人设吗?

## 故作成熟，只不过是给自己戴了一副面具

二十岁出头的时候，我总想着要让自己更成熟、更稳重一些，平时说话和接受采访的方式都做了调整，想试着让自己的言行举止和往日有所不同。

我从十几岁开始工作，整个学生时代不管在学校还是在工作场所，都丝毫没有犹豫地以很自然的状态生活着。虽然我深信"人会随着年龄的增长自然而然地变得成熟，拥有女人味，具备成熟稳重的气质"，但这种想法早早地就落空了。

同时，我不自量力地深信，作为女演员，在岁月的滋润下总有一天我也会变得兼具"美丽""优雅"和"妩媚"的气质，像铃木京香女士一样。当然，这种想

法也化作了泡影。

既然变化不会自然而然地发生，那就有意识地去改变吧！于是我调整了思路，开始一边挑战一边实践自己的想法。

但是……正如各位看到的一样，女性特质不是那么容易就能拥有的，一味故作成熟也根本不能变成成熟的大人。很遗憾，我的挑战以失败告终。

我想起第一次参加孩子幼儿园的家长会时，我觉得必须展现出一个规规矩矩、富有判断力的母亲形象，但那样并不自在，后来也很困惑为什么要给自己树立这样的人设。

我想说的是，浮于表面的粉饰和表演最终只不过是给自己戴了一副面具而已。

而且面具并不会长存，不知道什么时候就会被剥下。

塞涅卡的名言告诉我们，用真实的状态活着，自自然然地做自己。

你不需要改变，按自己的方式活着就挺好。

重要的不是做了多少事，而是用了多少心。

——特蕾莎修女

# 14

## 何谓"工作做得好"？

## 我只想全心全意地投入角色

何谓"工作做得好"?我试着从特蕾莎修女的名言切入来思考一下这个问题。

是公司的考核?他人的评价?还是数字呈现的成绩?过去就是收视率,而放到当今这个时代就是社交平台上的关注者数量了吧?

工作是否做得好,没有统一标准。就我的工作而言,凭借优秀的演技使参演的作品在电影节上获奖,就可谓"工作做得好"。

高中那段日子,为兼顾演艺事业和在东京都内女子高中的学业,我每天都在奋战。和大家一样,我每天都早早起床,揉着惺忪的睡眼坐电车去学校,上一样的课。但是放学后就不一样了,我会穿着一身校服赶去拍摄现场工作。每天的工作内容都不一样,但我从来没有因为工作耽误过学业,连一次迟到都没有过。

除了绝不能因为工作耽误功课,那时我和经纪人还有一个约定——"考试前一周开始一直到考试期间都不可以安排工作"。高中三年经纪人都基本遵守了我们之间的约定,考虑到那段时间我的工作量和曝光度,只能说我的经纪人太厉害了。

不过有极少数例外。那次已经到了考试前一周,但有一项"那天不管怎样都必须出席"的工作,那就是颁奖典礼。

我平时的课外学习量不足,全靠考前七天拼命恶补,所以即便只占用一天的时间,我都觉得十分不安和厌烦。

大脑被迫在眉睫的考试占据,于是我和经纪人商量:"可以想个办法不参加吗?如果不管怎样都必须出席的话,可以让我带上单词本去吗?"

现在回过头再看,为什么要厚着脸皮恳求呢?作为新人去领奖是无比难得的机会,在机会面前说为了备考想要缺席颁奖礼,这在成年人看来是多么任性的理由啊！

但那时我心中的确有一些疑问，我无法理解缺席颁奖典礼就得不到奖。换句话说，我有些理解不了缺席就意味着谢绝领奖这件事。

现在想想，若没有参加颁奖典礼却得了奖，确实是一件不礼貌的事。

但是……如果不出席，奖就会被剥夺的话，那这又算是什么奖呢？如果不出席，奖就会被颁给别人，那我得这个奖的意义又何在？说到底，"奖"是谁决定的，获奖结果又是如何决定的呢？

当时的我，脑海中充满了疑问和问号。

作为女演员，我的工作没有胜负之分，也没有晋升和退休一说，所以也没有明确的业绩好坏。我只希望能给观众带来喜悦和力量，这种想法从来没有改变过。如果我的工作能让观众为之感动，让他们获得某种动力，那对我来说就算是"工作做得好"了。

工作是否做得好，归根结底，我自己是不知道的。

因此我只想努力用心地把剧演好。

工作做得好与不好，是顾客来决定的，是听众、观众、读者这些收看端的各位来决定的（就我自己的工作而言)。

所以我只想全心全意地投入角色,磨炼演技。

用心,就是要热爱工作,这是对观众最基本的尊重、最高的谢意。

劳动是最好的东西,也是最坏的东西。

——阿兰

# 15

## 不要拼命过了头

## 用朋友开解我的办法，开解发小

"难处理的案子要努力去做，但不要太拼命。'工作'很重要，但'工作就是工作'，再怎么说，它只是人生的一部分，并不是全部。"

这是昨天我用 LINE 发给发小的信息，她在关西勤勤恳恳地当公务员。曾经她因为遭遇职场性别歧视、权威骚扰、精神暴力等一系列严峻的问题，好几次都想辞职，即便如此，每次和我聊完天后，她都靠自己的力量重新振作起来，克服了此前的困难。

如今她手头有一件难办的案子，她为此心事重重，便联系了我。于是有了我在文章开头给她发的那段话。

实际上这是某次我因为工作感到烦恼、痛苦时，另一个跟我有二十五年交情的好友对我说过的话。

"凉子，只是工作而已！"

人生不只有工作，没必要因为工作影响整个生活。极端一点儿说，工作可以辞掉再换一个。凉子，没关系的。好友这样缓解我的痛苦（也确实抚慰到了我）。

联想起那天的自己，我便把同样的观念分享给了发小。

发小后来发给我这样一段信息："凉子又是拍电视剧又是拍电影，还在NHK教育台开始了新的计划，真的进展得很顺利呢。对了，前段时间看了凉子的历史（NHK《家族历史》节目），之前我知道叔叔这边的亲戚，这次又通过节目了解到了阿姨那边的亲戚、凉子的祖辈，还有凉子小时候的故事，真的太有趣了。马上就周四了，这周四从早到晚电视上都是凉子，太期待了。至于工作，我不会过于苛求自己了。"

实际上我并不知道发小的具体工作有多难，但是最让我开心的是她用LINE给我发的最后一句话："至于工作，我不会过于苛求自己了。"

对，就是这样！不要拼命过头了。

要开开心心、活力满满地享受每一天。

语言的边界就是世界的边界。

——路德维希·维特根斯坦

# 16
短发作战方式

## 传递信息的手段不只有"语言"

"语言的边界就是世界的边界",这确实是以"语言"谋生的哲学家会说的话。

诚然,"语言"可以表达和传递许多信息,反过来说,语言使用不当也会导致危害、制造出更多问题。但我认为语言的本质不止如此。

初三的时候我初次试镜通过,于是为了有机会参加演艺活动,每周末都坐飞机从老家高知县前往东京。那时候一天要见好几位制片人,当时我对制片人是做什么的不甚了解,只知道要和他们见面说话,让他们对我有印象,或许就能得到演出的机会。这大概就是经纪人界所谓的"营业"。

经纪人带我到处赶场,坐车一家接一家地去电视台见制片人,多数时间我都不知道自己在哪里,也许在富士电视台或者TBS电视台,接下来要去哪里?日本电视台、朝日电视台,还是东京电视台?我也完全不知道。

我只能专注于不要在厉害的制作人面前丢脸,尽力表现得好一些,好好打招呼,好好应答。在我这个乡下来的中学生眼里,穿着西装的叔叔们看起来都一样。毫无疑问,在我此前的人生中,从来没有什么机会和不认识的年长男人聊天。

有一次经纪人特意和我说:"再多说点儿别的话题。"

被这样一提醒我才意识到,在那种"初次亮相"的场合,我确实只是在回答对方的提问而已,比起交流,更像是一问一答。

如此这般,一个充满活力的乡下体育少女,被误认为是个彬彬有礼、稳重踏实的女孩子了。原本我是个操着爽快的土佐方言、像机枪一样喋喋不休的女生,但是在各位制作人面前却表现不出来,只给人留下了认真又朴素的印象。

怎样让人知道我是一个活泼开朗的人呢？思来想去，我把头发剪短了，因为我觉得长发总给人一种成熟拘谨的印象，而短发会给人带来元气满满的活泼感。

这一作战方式非常成功！以此为契机，短发的广末凉子快速出击，开始亮相。

传递信息的手段不只有"语言"。

现在我通过演戏把信息和重要的东西传递给观众，我仍然想试着不单纯依靠"语言"去表达自己想传递的一切。

当然了，戏中的台词是很重要的，台词（语言）把作品想要传递的信息、应该传递的信息、戏剧内核的阐释以及角色的情绪等都浓缩了进去。把每一句台词都牢记并一字不差地讲出来，是演员最基本的任务。

我想在语言的含义上也下功夫，念台词的时候，把字里行间的含义也传递出去。

传达超越语言的情感，带给观众用语言无法形容的感动，打破语言壁垒收获与观众相互理解的瞬间……我确信更多信息可以通过演戏传递，也深信自己拥有超越语言界限和观众沟通的能力。

正当地利用时间吧！你要理解什么，不要舍近求远。

——歌德

# 17

## 时间的使用方法

## 多亏了繁忙的学生时期和演艺生涯

我从很久以前就开始思考"时间"的意义。"那个也想做!""这个也必须做!""哎呀,忘记那件事了!"我总会感到想做的事情太多,时间不够用。

"时间"这个东西,真的被平等地赋予每个人了吗?

上学时,我经常有这种想法:"通常情况下,每人每天能得到二十四个小时,可以唯独给我三十六个小时吗?"(话说你想从谁那里得到这些时间?)

现在回过头想,小时候的我曾经是一个繁忙的小学生。周一游泳,周二弹电子琴,周三要学软笔或硬笔书法,周四也要游泳,只有周五是自由日,到了周六和周日要去篮球队。升入小学高年级后削减了游泳课,取而代之的是补习班，所以每周只有一天的课后自由日也泡汤了。

大家可能以为我是在重视教育的家庭里长大的，但真实情况略有差异。实际上这些学习任务最开始都是我自己提出要学的。游泳课是三岁左右开始上的，导致我之前一直以为是不会游泳的母亲想让自己的女儿学游泳才报的班，直到成年后有一次问母亲，她说游泳也是我自己想学的。

总之，在我们家并不是家长想让孩子学点儿什么才报那么多课外班的，每个项目都是我自己出于兴趣想要学的。

当然，我发自心底感激父母，那个时候听我说想学就给我报了好多学习班。但也正因为每个项目都是我自己提出想学的，所以不管练习多么辛苦我也不能放弃。

而且，因为不喜欢失败，凡事总想赢、想做到最好、想持续进步、想在比赛中得奖，所以我对待所有课外功课都拼尽全力（写到这儿我自己也笑了，真是一个贪得无厌的小朋友啊）。

小学时期我就是这样度过的，而中学热衷于社团活动，刚升高中就开始从事演艺活动，总而言之，我一直都没闲下来。

学生时代我有幸见到了《苏菲的世界》的作者——乔斯坦·贾德先生。那时我才十几岁，就"我认为的时间相对论"与他展开了热烈的讨论。我还用图示表达自己的感受：重要的时刻和全情投入的时候，感觉时间飞快流逝，而无聊和不安的时候，时间就像停止了一样，感觉时间被拉长了。

对我来说，不，对每个人来说，"时间"是穷极一生都追赶不上也无法回答的永恒话题。

"正当地利用时间"，就是不要浪费时间，凡事不要急于抄近道找到答案，而是要认真地把握当下的每一刻。坚持下去，自然会理解其中的真意。

多亏了繁忙的小学时期和更加繁忙的高中生活、演艺活动，我因此得到了很多。

有收获是因为我"正当地利用时间"了。

如果只是留恋,比起所爱之物,我们往往会选择自己。反过来,如果需要献身,比起自己,我们会选择献给所爱之物。

——笛卡尔

# 18

## 经纪人的献身

## 艺人经纪人——很难，很苦，很默默无闻

看到笛卡尔这句名言的时候，我首先想到的是我的经纪人。

笛卡尔想讨论的可能是更深刻的真理，但是我脑海中却是经纪人的形象。由这句话联想到了经纪人，这当中肯定也有某种缘分。

基于这个原因，借此机会，我想聊一聊大家不怎么了解的"艺人经纪人"这一职业。

大部分人可能都是这样想的：艺人经纪人是做什么的？既不是跟班又不是司机，大概是负责日程管理的吧？

怎么说呢，这种想法也没错。除了在演员和艺人

身边照顾他们,还会接送他们去拍摄现场,调整行程也是很重要的工作之一。这是大众普遍认为的经纪人的工作内容。

实际上经纪人做的可不止于此。比如调整拍摄行程,不仅要考虑演员,还必须将化妆师、造型师、摄影师和编辑部各位的行程安排都考虑在内,而且除了安排行程,他们还需要为不同的拍摄场景和内容精准地计算时间。

配合报纸和杂志的采访,挑选时尚杂志的照片,校对记者写好的文章,整理粉丝寄到公司的信件和礼物,给合作方写感谢信;审阅策划书和剧本,挑选作品,然后向艺人介绍,开展相关商谈……所有这一切都是经纪人的工作。

对经纪人来说,最重要的工作是"培养"自家的艺人(演员和歌手)。所谓的培养,就是让艺人积累各种工作和拍摄经历,尽情表现专业能力,磨炼技能,然后充分使用艺人的作品和片场素材,将德才兼备、人见人爱的艺人推向世界。

简单来说,艺人经纪人的工作可以称之为"三很"——很难,很苦,很默默无闻。他们不仅要做大量的幕后工作，假期还少，休息时间也被严重压缩了。

我十几岁初入行那会儿，有一个肌肉发达的健身教练来实习片场经纪人这份工作。每次一起坐上去片场的汽车，就会闻到一股牛肉饭的味道，因为他每天都吃牛肉饭。他还随身携带一升容量的塑料水壶，给自己补水。他的种种表现在那时的我看来有些不理解，但也不好说什么，暗暗地想，可能因为他刚做这一行的缘故吧。就在他加入片场的第五天早上，他告诉我因为连着拍了几天外景，他被冻感冒了……

就这样，我在严寒的墓地片场彻夜拍电视剧，让刚工作了五天的经纪人在车里休息。第六天他的感冒还没好，于是让他继续在车里休息。

第七天，他没有出现。

我问社长发生了什么事，据说这位经纪人在公司办公桌上留下了一张手写便签，上面写着："我都没有生活了。"因为看上去太短了（留言写得太短，实习还不到一周就辞了职），让人觉得有些好笑。

现在想想，他说的也没错。经纪人这份职业原本就比想象中更艰辛，如果没有足够的兴趣和热爱是做不下去的。

我自己不是经纪人，要是不听听当事人的说法，有些情况是不好断言的。但是结合长时间与经纪人一起共事的过往点滴来看，我相信这确实是一份没有热爱就难以坚持的工作。

有些经纪人热爱电影和电视剧，有些人喜欢拍摄现场的工作，还有些人喜欢表演和赏析演技，原因也许多种多样，但一定是对演艺行业的某部分有感情，否则为什么不选一份更轻松的职业呢？（我说了些什么呀，不会因为我这段话导致立志做经纪人的人数锐减吧？我的错，真不好意思）。

回归正题，在我看来经纪人是一份"牺牲、奉献"的工作。

将笛卡尔名言中"牺牲、奉献"的对象——"所爱之物"换成"艺人"，就能表现经纪人工作的核心精神！

我所在公司的社长最开始是我的经纪人，后来陆续换过几位经纪人带我，现在身边还有一起努力的总监和片场经纪人。我发自内心地对这些一路把我培养起来的经纪人表示感谢和敬意。

不安是心灵的底色,是形而上学的开端。

——玛丽亚·赞布拉诺

# 19

## 以不安为食量,为跳板

## 拍法庭戏的日子里,思考"不安"

你通常在什么时候会感到"不安"?此时此刻是否有"不安"的情绪?

我从来不知道不安竟然是形而上学的开端,也没有想过正是因为人会不安,我们的存在才变得有意义。

"不安"这个词会给人一种强烈的负面印象吧?如果不安,就会感到迷茫和没有自信。不会只有我一个人任性地觉得不安会招致不幸吧?

最近在片场拍摄,有许多一镜到底的戏,台词难度很大,常常多达几页,需要一次性完成。包括我在内的所有演员都被十分紧张的氛围笼罩着,经常是手心冒汗地开始了一天的拍摄。

一镜到底的拍摄方式，要求演员说台词时一刻也不得分心，甚至连换气停顿都不可以，法庭戏需要一气呵成的节奏，因此导演选择了这种拍摄方式。不只是演员，技术部门也不能有丝毫差错，现场每个人都有明显的紧张感。果然是极具专业素养的团队才能做出来的作品，我再次心生敬佩。

但是对于演员来说，需要完成的台词都是我们日常生活中基本用不到的法律和金融专业术语，真可谓"地狱般的台词"，压力可想而知。

不管已经完成得多完美，夜里都会惴惴不安、睡不着觉，就算好不容易睡着了，又会因为紧张不已而睁开眼。据说有一位演员自从进组后眼皮一直都在抽筋。

如此种种，演员是一份经常怀着不安感的职业，而且必须与不安斗争，必须获胜。

不安就等同于紧张、压力、重担。

虽然我对"不安"的定义就是这样的，但是如果不安的情绪也能让人产生某种欲望、激发人付诸行动的话，那么在今后的日子里，我想努力去寻找不安所具有的积极意义。

我想以不安为食粮，为跳板，得到新的成长。

你现在有"不安"的感觉吗?

如果有,不妨好好利用这种感觉,让它朝积极的方向发展。

陷入不安也好,感到不安也罢,或许都不一定是坏事。

我习惯以俯瞰的视角观察事物,这样反而不容易产生误解,这是演员这个身份给我带来的独特优势。我想,普通人很难如此客观地看待自己。

——树木希林

# 20

## 以俯瞰的视角去观察

## 用演员的视角观察生育中的自己

"以俯瞰的视角去观察的习惯",确实是这样!

总是不自觉地仔细观察别人并下意识地模仿,这是演员会做出来的事。

容易感情用事的时候,通过俯视自己,可以更冷静地把握眼前的事物。在营造拍摄氛围、与其他演员沟通时,站在纵观全局的视角,容易给出比较全面的见解。

从这些角度想,就能深入理解树木希林女士这段话。

但是,在生活中我有没有充分利用好演员特有的这种"习惯"呢?

当我反思这一问题时,首先映入脑海的是生大儿子期间发生的事。

当时我经历了连续两晚的微弱阵痛，忍痛紧紧抓着绑在床边扶手上的毛巾，但即便如此也没有用，第二天上午宝宝的心跳频率降了下来。

为了转为剖宫产，我做了采血，浑身大汗的我筋疲力尽，顾不上注意形象，只是边采血边胡思乱想着："都熬到现在了，真想自然生产啊，但是一起坚持了这么长时间的宝宝已经很痛苦了，我得赶紧把他生出来，可是……"

就在这时，我听到女主治医生冷静而有力的说话声："走吧，马上去分娩室，看样子应该可以顺产！"

迷迷糊糊中，转眼间我就被转移到了分娩台上。

我配合着助产士给的信号，憋足了劲儿拼命模仿正确的呼吸方法。

经历了吸引术后，最终医生在我的腹部重重按压，将宝宝挤了出来（宫底压迫分娩法）。

我的孩子终于来到了这个世界，听到他第一声啼哭时，我的眼泪涌了上来。

嘿，就是这时候！

我切换成俯瞰的视角观察自己，看着眼前这个刚生完孩子听到孩子啼哭声而流泪的妈妈……

哇，就像在看电视剧一样。有点儿不好意思，真受不了。这种哭泣的场面完全就是一个戏剧场景。在我脑海中，向后拉动机身，呈现出整个分娩室的画面，其中一个镜头是身为主人公的我泪流满面。我拒绝演绎这一幕。

我和来医院看我的妹妹分享了这场脑内活动，她笑道："姐姐，哭一回又会怎么样呢？"

二儿子出生的时候我也俯瞰过度了，当时大儿子在我身边，为了不让他紧张不安（不能让他看到我太痛苦的模样），该呼吸的时候我紧紧闭上了双眼，呼吸一度都停止了。

助产士看到我这副模样大叫道："请睁开眼睛！"大儿子也担心地喊道："妈妈你呼吸一下啊！"我为了闭眼使的力气过大了，眼睛周围充血严重，生完孩子后就像被持续击打过的拳击手一样，眼周都是紫色瘀青。

就像前文说的，"俯瞰的习惯"在我这儿似乎至今为止都没有起过好作用。

希望将来有一天我也能像树木女士一样，说"这是演员这个身份给我带来的独特优势"。

归根结底,表演是将自己的人生和过往经历凝结出的成果展现在镜头前的一种行为,所以女演员的工作就是要通过台词和感情表露,将真正的自我展现出来。

——朱丽叶·比诺什

# 21

## 所谓职业病

## 在《入殓师》拍摄现场，借演戏释放情绪

"孙辈里只有凉子没有哭。"

外公因脑梗摔倒，被送进了ICU病房。

接到消息后，我从电影片场直接驱车赶往位于横滨的医院。我提前设想了几个和外公面对面时的场景，以及可能会涌现的情绪，暗暗下定决心"绝对不可以哭"，然后才推开了ICU沉重的大门。

房间里充斥着仪器运行的规律声响，外公躺在床上，身上缠着密密麻麻的软管和绳线。

看到外公虚弱无力双眼紧闭的模样，我十分难过，十分想哭。悲伤、无助、担心的情绪，让我违背了自己先前的决定，很想哭，也快要哭出来了。

但是不行！不可以，我不可以哭。外公没有死，他还活着。他现在一定很痛苦，未来康复也会很艰难，但是他还活着。

我必须给他鼓劲儿！而且如果我哭了，妈妈一定会更伤心。

我拼命抑制着涌上心头的情绪，努力鼓励外公。尽管我知道他可能听不见，也无法回应，但是或许他能感受到。

这样想着，我不断地给外公鼓劲儿："外公，一定很难受吧，被这么多东西缠着，但是您还活着，真的太好了。我是凉子，看到您这样我很揪心，您快快好起来吧，大家都会给您加油的。"

我握着外公冰冷的双手给他取暖，怀着他一定能被治愈的坚定念头继续和他说话，并且（单方面）和他约定"一定要离开这间病房，快快好起来，我们再见面"。做完这一切，我才离开 ICU 病房。

我做到了，终于把想哭的情绪咽回去了。

结果，孙辈里只有我一个人没有哭，"凉子真是个无情的孩子啊"这样的话在亲戚中间传开了。

我完全没有想到亲戚会这样评价我，十分吃惊。

"不能哭"的决定难道错了吗？

虽然我下定决心不可以哭，但只要是人，在那种情况下都会哭吧？我却忍住了，可能是出于女演员的天性，也就是所谓的职业病。

我总是在乎周遭和别人的看法，总是压抑自己的真实情感。演员的工作，在我看来就是要反复练习控制自己的情绪。拍摄哭戏时，如果在彩排的时候就流泪，妆会弄花，又得重化，所以在正式开拍前必须忍住。试演时就算体会到了剧中人物的感情，但如果此时用全力去表达，正式拍摄时就会失去爆发力，所以也必须忍住。正因如此，我一直都处在忍耐和压抑的状态。

也因此，我变得越来越难以展现真我，也无法表达真实感情。

怎样做才正确？什么是对的？我不知道。

回想起来，接到外公摔倒的电话那天，我正在《入殓师》的拍摄现场。那天正在拍摄我的入殓师丈夫（本木雅弘饰演）给他的亡父整理遗容和身体的场景。

面对当下的场景，我想的都是濒临死亡的外公，于是在正式拍摄中泪流不止。

在去ICU病房看望外公之前，我在拍摄现场借着演戏释放了情绪（不过在那一幕中，身为儿媳的我是不应该那样哭的，所以自然没有通过，又重拍了一次）。

明明在有剧本（有答案）的情况下能爆发情绪，但在日常生活中却无法恰当地表达自己的情绪，这可怜的女演员的天性！

比起自己是否被爱，更应该关注自己是否拥有爱别人、付出爱的能力。

——广末凉子

女性比男性更贴近现实。女性不仅活在当下,更注重守护未来。

——广末凉子

女性として、愛することと恋すること

第三章

在爱和成长中尽情绽放

男人爱时才会嫉妒。女人不爱时也会嫉妒，因为她的裙下之臣转而追求其他女人了。但是男女最大的区别是，女性比男性更执着于钱财的实际利益。"男性赚钱女性存"真是一句至理名言。

——伊曼努尔·康德

# 22

## 女性与嫉妒

第三章 在爱和成长中尽情绽放

# 我不认为"女性的嫉妒心通常很强"

"男人的嫉妒心很强",这一点,我深有体会。我试着从自己的角度分析一下。

有演员身份的光环,而且常被人赞美——男性如果从这个角度看我,会感到自卑。他们还会担心,我总是被那些"帅哥"(男演员)环绕着,被那些说不清道不明的诱惑包围着。除此之外,来自媒体捕风捉影的一些报道也会让人心神不安。

光是上面这几点,要让我的男朋友完全不嫉妒都不可能,这要求对他们而言太苛刻了。

除了演员这个职业属性带来的东西之外,我恰恰又是一个随遇而安、不太执着于感情的人,简而言之就是没那么可爱，所以我要发自内心地对我曾经的男朋友说声抱歉。我有时想，如果我是个男孩子就好了，很多事情就迎刃而解了。

可能有人会觉得我说自己"不可爱"是谦虚，但真不是。

要说这种"巾帼不让须眉"的性格和气质是怎么形成的，我也不知道。可能是因为从小接触了不少体育运动，也可能是作为家里的大女儿，一直以来我都习惯于挺身而出护着妹妹。

虽然举的是我自己的例子，但是在我个人看来，康德说"女性的嫉妒心很强"，我无法与之产生共鸣。

不过我对"男性赚钱女性存"倒是部分认同。我不认为"女性比男性更爱财"，事实上，女性比男性更贴近现实。女性不仅活在当下，更注重守护未来。

但愿离去是幸,但愿永不归来。

——弗里达·卡罗

# 23
## 当女性决定"离开"

## 成年女性的生活中有诸多不易

女性一旦决定"分手",就不会回头。

决心"分手"前,女性会想尽一切办法改善关系、弥补修复,但如果试图挽救后仍然说了"再见",她的手机里便不会留下男人的任何一条信息。

借出去的钱不还也没关系,就连回忆都要从窗口扔得一干二净。不只对待恋爱如此,对工作和其他任何事都是这样的态度。

将能做的努力都做完后,仍然下定决心"离开",就再也不会留恋,不会回头,也不会后悔。

"但愿离去是幸"这句话真让人醍醐灌顶。弗里达·卡罗的表达比我想象中的更加精彩,面对选择时看到了积极的一面，有一种凛然的坚定和美感。

"接续之力""滴水石穿"，克制和忍耐有时的确会结出果实，但是传统的日本女性总是一味忍耐、等待，选择停留在原地。所以我把弗里达·卡罗这句颇有启发的金句选到了自己这本书里。

长大成人后，我们在社会和家庭里多了角色，也承担起了相应的责任，工作中有人际往来，社区里有各种关系要应对，也有因育儿结成的学校群、妈妈网，在孩子课外班和PTA（家长教师联谊会）担任事务性工作等等，各式各样的人情往来接踵而至，单是各种日程表和联络事项已经把人包围得晕头转向。

小时候，可以只做自己喜欢的事，只和喜欢的朋友聊天，麻烦的事情有父母帮忙；青春时代，可以沉迷于喜欢的人，和好朋友废寝忘食地聊天嬉闹，无忧无虑。长大后的世界全变了。

成年人的世界中，生活有诸多不易。

正因此，"但愿离去是幸，但愿永不归来"这句格言也显得越发珍贵。

大多数人认为爱情首先是自己能否被人爱,而不是自己有没有能力爱的问题。

——艾里希·弗洛姆

# 24

## 所谓爱

## 相爱的前提，是拥有爱的能力

按我的理解，艾里希·弗洛姆想说的是，"爱的问题"不是"被爱的问题"，比起自己是否被爱，更应该关注自己是否拥有爱别人、付出爱的能力。

人们常说，对于女性来讲，被爱才是幸福的。但事实果真如此吗？在一本杂志（《日经女性》）里有这么一篇文章，有一派人主张"爱人是幸福的"，而另一派人主张"被爱是幸福的"。两方各持怎样的观点不难想象，在这里仅列举几个例子。

主张"爱人是幸福的"一派认为：
· 只要能去爱一个人，就很满足。

·只要有一个喜欢的人，女性就会觉得幸福，至于对方是怎么想的、是否也喜欢自己，不重要。

·因为自己是爱人的一方，所以想一直待在对方身边，想要努力为对方做点儿什么。

主张"被爱是幸福的"一派认为：

·虽然主动追求一个人会让人心潮澎湃，但主动的一方受伤害的概率也很大。

·感到自己是被爱的，人会变得更自信。

·人会为了获得对方更多的爱，驱动自己积极努力。

·如果没有被爱的感觉，就很难持续地努力。

心理学界有一种观点认为，"女性被男性追求要比主动出击更好些"，这是因为，男性为了吸引女性注意而付出的精力与男性对女性的爱慕成正比。"被追求会让人想逃跑 / 对方越不在乎，越是感觉不安"（古内东子单曲《比任何人都爱你》），这是女人独有的内心体验。

恋情一旦开始，不管随着时间流转，两人的关系形态如何改变，恋人也好，夫妻也罢，"爱"和"被爱"总是同时存在的。

因此不要纠结于自己是否被爱，也不要在意谁先爱谁后爱，两个人之间最理想的状态是"彼此相爱"。

彼此相爱的前提，是两人都拥有爱的能力，都愿意付出爱。

拥有爱一个人的勇气，努力提升爱别人的能力，这是一切关系的起点。

独处的能力决定了爱的能力。

——艾里希·弗洛姆

# 25
先拥有独处的能力

## 四十岁，我在"爱"的道路上才刚刚起步

恋人、搭档、夫妇，这些角色各自能独立存在吗？

以前我没有认真思考过这个问题。

年轻的时候，遇到喜欢的人，我会压缩自己的休息时间和对方煲电话粥，如果对方需要，我一有空就会联系他，也不管身为艺人自由出行的不便，会想尽一切办法和对方见面。

那时候我深信，爱一个人就是对他不计回报地付出。将喜欢对方的心情用行动表达出来，就是爱情的样子，也是真心实意的表现。

但是现在再看，那可能只是身为艺人和名人的我一种利己的表现。

或许我是想要通过努力取悦喜欢的人，远离自身的歉疚感。

因为艺人工作的特殊性，我们只能避开大众视线约会，也因为我太忙，圣诞节和纪念日常常都不能一起过，诸如此类的事不胜枚举。因此，我总觉得对恋人有亏欠。

在弗洛姆看来，爱的前提是不依赖对方也不向对方施舍，而是双方建立一种平等的关系。

他的话让我意识到自己在过去的恋爱中犯了错，并不成熟。

一个能够独处的人就是拥有自立能力的人。

唯有彼此都是独立的人，才能构筑起平等的关系。只有当双方之间不存在上下等级和依存关系，真正意义上的"爱"才会产生。

"独处的能力决定了爱的能力。"弗洛姆让我意识到一件很重要的事。

可以说我和我喜欢的人——我的丈夫，我们之间是平等的，各自都拥有独处的能力。

比如说呢？

简单来讲，我们可以同处一个空间，互不打扰，做各自的事情。再比如对于彼此的工作，我们都能做到相互尊重，不过多发表意见。

我们并非必须时时刻刻在一起，一个人的时候，我们也会想到对方、珍视对方。诸如此类吧（虽然有些不好意思）。

弗洛姆所说的"决定爱的能力"的前提条件，我可能才刚刚满足。

广末凉子，四十岁，在"爱"的道路上才刚刚起步。

往后余生，尽情期待。

忍耐是女性的美德,因为在面对诸多来自外界的压力时,女性不尽力反抗,而是希望将苦恼变成惯性的忍耐,在不知不觉中减轻自己的痛苦。

——伊曼努尔·康德

# 26

## 不要忍耐过了头

## 肾盂肾炎让我重新思考"忍耐"这个美德

论忍耐力，女性都很了不起。我也不例外，我自认为是忍耐力很强的人。证据就是，我得过三次急性肾盂肾炎。

第一次发病是在家中玄关那里，丈夫准备出门，我给他递包，我们互相道别。突然间我的后背一阵胀痛，心想这下糟了，那时候大儿子还小，一想到马上要去幼儿园接他放学，但有些家务还没做完，我就打消了去医院给自己看病的念头。

就这样我一直忍着背痛，结果没多久发高烧到三十九度。我想着过几天烧就会退吧，于是还像往常一样忙来忙去。可是过了三天高烧仍旧不退，这时我怀着后悔的心情，终于去了医院。

我躺在诊疗室的床上，医生轻轻地敲打我的后背，一阵剧痛从后背袭来，我疼得忍不住大叫了出来。

"为什么拖到现在才来？！你之前应该已经感到酸乏和疼痛了吧？至少得住院四天。"医生的声音温柔而严厉。

啊！因为我想着疼痛忍一忍就过去了，酸乏的感觉平时就有，没当回事。我太忙了，平日里除了带孩子去医院外，我自己是没有时间去医院的。大儿子现在长大了，身体也更结实了，很少感冒，但他小时候经常感冒、发热、中耳炎，导致我当时经常半夜开车带他去医院。正因此，我当时实在没有空去医院给自己看病。

我在反思，确实该早一点来医院的，但是我不放心把儿子留在家里。自己去住院，即便拜托孩子爸爸负责照顾，从来没做过便当的他又会给孩子做些什么呢？这样一想，我更觉得不能住院。最后我不得不恳求医生，让我每天输液结束后回家住。

第二次急性肾盂肾炎发作是怀着二儿子的时候。"你这又不是第一次了！多少应该有经验了。"大家一定会这样想，对吧？确实如此，但是……

愚蠢的我完全误以为是胎儿太重才腰痛的。而且怀头一胎的时候腰痛也没有十分严重，我竟以为腰部剧痛是高龄产妇必须忍受的痛苦，还大声给自己鼓劲儿，继续忍着。

不用说，这次因为我有身孕，很快就入院了。然而两天后就是丈夫的生日派对，此前好几周我一直在准备，还邀请了几十位客人。因为入院，身为女主人的我不得不缺席了，越想越难过，我在医院的病床上独自哭了起来。

第三次发病的情形详细写来就太冗长了，在此省略。当时不想留下两个孩子独自入院，我请医生开了诊断书后就带着他们速速回娘家了。

在飞往高知县老家的飞机上，气压导致背部疼痛难耐，我不得不保持弓着腰曲着身子的状态，飞机一落地，我就马上住院了。真惨。

肾盂肾炎的发病原因主要是细菌感染，如果是细菌导致的炎症，一般来说摄取足够的水分病情就不容易恶化。知道这一信息后，我想，或许我患的是职业病。

演员这一行在拍摄外景时，常因为场地限制无法上厕所（必须到便利店借用厕所），而且夏季拍摄还不能流汗、擦汗，所以大家都会尽量少喝水。

另外，刚刚生育的妈妈，最容易患上这种病，因为妈妈们为了照顾孩子，注意力总是放在孩子身上，久而久之养成了憋尿的习惯。

不好意思，这实在算不上一个好例子，但这不就是女性"习惯性的忍耐"吗？

忍耐力强就等于拼命努力！

我会尽量照顾好自己，避免第四次发病。

"忍耐是女性的美德"，我赞同。不过，我也想对广大女性朋友说："不要忍耐过了头！""注意不要让自己的忍耐力太强了！！""也要照顾好自己哦。"

女人不是天生的,而是后天成为的。

——西蒙娜·德·波伏瓦

# 27

## 别被"女性化"框住

## "你以为蔬菜是从冰箱里长出来的吗？"

现代社会是一个追求无性别、性别平等的社会，我也经常被动地思考"何谓女性特质""何谓女性"等问题。

放到时代背景中去理解女性特质，就能知道它是一种刻板印象。但我没有考虑到，"女性"本身也是一种社会化的规定。文化层面和社会层面对于女性特质的一般性认识，形成了所谓"女性"，这一点是我之前没有思考过的。

比如在伊斯兰世界，所谓女性特质即编织地毯（那是女性的工作），其实不只编织地毯，整个纺织工作都是女性在做，身处其中工作的人就是被女性化的人；

在非洲也可以看到把巨大的容器顶在头上取水的女人们（在那里，这也是女性的工作）；在卢旺达也是大部分的女性承担了田间地头的农活。

在许多文化圈中，努力工作的劳动者形象就是女性特质的体现。女性被迫承担了大部分家务和育儿等家庭责任，因此有大量的女性失去了接受良好教育的机会，连锁反应是女性鲜有机会参与各项公共事务的决策，所以会产生性别歧视和女性被区别对待等各类问题。

在日本，女性能够参与社会生活的方方面面，女性的社会地位也逐步得到确立。如今男性也可以休产假，出现了越来越多的"奶爸"和"煮夫"。这种环境下，在性别层面的"女性特质"发生了怎样的改变呢？

我刚来东京的时候，因为工作认识了一位比我年长的造型师。有一次去她家做客，已婚的她和我分享说："凉子，以后结婚，一定要选一个有过独自生活经历的人啊。一直和父母一起生活的人会以为半夜有精灵给他洗衣服呢！"

那时我还小，不能完全理解她这句话，但是听她的语气，可以推测出她的丈夫就是那种从来没独自生活经历的人。从那时起，我决定把她这句话当成至理名言，把她的教训牢记在心。

再讲一对前辈夫妇的趣事。他们两个人的工作都很忙，于是约定先到家的那个人负责做晚饭。有一天，忙完一天工作的妻子对丈夫说，回家前顺道去做了按摩，厨房里的丈夫怒不可遏地说道："我也很累，但还是回来做晚饭了！"妻子听他这样说，直接说道："你以为这些蔬菜都是自己从冰箱里长出来的吗？"

我记得当时听到这儿的时候，觉得很有道理，"你觉得是谁把菜买回来的？是我！"简直是至理名言！我成家后也经常想，要是冰箱和超市能自动连起来就好了。

但是很遗憾，我没有和会做饭的男子交往过，所以至今都没有说出这句名言的机会。

话题稍微有些跑偏，但我想说的是，日本仍然有一种根深蒂固的传统观念，认为女性就应该做家务、负责育儿。即便在越来越多的女性进入职场工作的现代社会，想要实现男女平等，也还有很长的路要走。

与谢野晶子这样写道："所谓女性特质、女性品质，是指有爱、优雅、彬彬有礼，而反之则是变化无常、冷酷、任性、一知半解、没教养、粗鲁、轻佻等。但是，我认为爱、优雅和彬彬有礼也应该是男性必备的品质。"（与谢野晶子《何谓"女性特质"》）

我对此深有同感。这些美好的特质不应该只要求女性具备，这些特质对所有人来说都是不可或缺的。

女性特有的细腻和母性是相通的，超越时代和国界，我们应该珍惜自己这些特质，同时不要被所谓的"女性化"框住，要以轻盈的姿态大踏步向前，去往崭新的时代。

一个普遍的现象是,人会为了自己的生意和出人头地而拼命努力,却不会为了家庭的幸福做任何事情。

——阿兰

# 28

## 女性与家务

第三章 在爱和成长中尽情绽放

# 不存在女人就该如何如何、男人就该怎样怎样

阿兰这句名言说的是，幸福不在家庭之外，而存在于家庭内部，所以我认为，阿兰是在提醒我们必须好好重视家庭内部的每件事。

阿兰一定是以男性视角写下了这则警句，希望提醒男性，这可能和他身处的时代背景有关（他是活跃于十九世纪后半期和二十世纪前半期的哲学家）。初读这句话，一个"以工作为理由不参与任何家庭事务"的男性形象就跃然纸上。假如是女性写下"为了家庭的幸福，什么也不做是普遍的"，一定会被口诛笔伐。

为了照顾家庭，把家人的幸福放在第一位的主妇，她们在做着十分了不起的"工作"。她们的成果不像商

品营业额、工作业绩、出人头地那样肉眼可见，但仍旧为了家庭幸福而日复一日地完成好做饭、洗衣、打扫、育儿等一系列工作。这样说来，世间的丈夫们可能都应该由衷感谢和夸赞自己的妻子。

据说当下日本二十五岁至四十四岁的女性就业率（就业者占二十五岁至四十四岁人口的比率）达到了77.4%，生完第一胎后的离职率之前很高，有六成，如今在逐年下降。也就是说，结婚生子后重返职场、仍在工作的女性数量在逐年增长。

在世界范围来看，首先是二十世纪六十年代在美洲兴起、接着又在七八十年代扩展到欧洲的"寂静革命"和"女性分工革命"等变革，即通常所说的性别革命，让"男主外，女主内"的性别分工发生了些许变化。除了作为妻子和母亲发挥作用以外，女性开始思考自己的职业发展，在承担家务和育儿的同时，开始走出家门，从事各类工作。

和这些国家相比，日本仍有男女不平等、少子化、雇用形态上男女差异大（女性的非正式雇佣比例高）、公共育儿支持不健全等数不尽的问题待解决。

话虽如此，但女性的社会地位的确正在逐步上升，女性活跃的场所也有所增加。这一进步得以实现，一定是婚姻中的男性承担了部分家务、提供了支持的结果。这就是日本男性随时代变化正在进化的证据。

在我看来，传统的日本女性和坚韧的日本男儿很好，但是如今穿着围裙的男人也十分了不起。

现在是一个共同努力创造家庭幸福的时代，不存在女人就该如何如何、男人就该怎样怎样。

人在哪里不能再爱，就当离开哪里！

——弗里德里希·尼采

# 29
**分手的积极面**

## 当爱走到尽头,从心底接受"分别"

简洁明了,果断干脆。

我甚至有一种被救赎的感觉。

就算两个人再怎么相爱,再怎么想念对方,起了多少"永不分开"的誓言,爱总有一天会消逝。

不管做了多少让步妥协,做了多少理解忍耐和努力,多么"想把冰箱里冷冻的爱暖化……"(竹内玛利亚《回家吧,我的甜蜜之家》的歌词)。

当爱已离开且不会再回来的时候,人通常只能责怪自己无能为力,并试图寻找时间倒流的方法,逃避现实。

我们总会想,一定有什么方法,于是改变表达方式，果断地缩短距离感，将能想到的和能做的都试一遍。我们还会反复给自己心理暗示：曾经那么喜欢的人，不可能不再喜欢了啊。

我不认为这样的心理活动是浪费时间，这是一段助跑时间，让站在分岔口的自己为接下来要面临的选择做好心理准备，不再反悔；也是一段准备时间，让自己不埋怨不憎恨对方，从心底接受"分别"，看到"分开"积极的一面。

但是如果处理"分别"的过程太过勉强，身体没准儿会出问题，比如，有些人浑身会起荨麻疹，甚至都能在身体上画出世界地图。要知道，身心是相连的。

当两个人的爱走到尽头，如果真有那么一天，那么照顾自己、珍惜对方最好的方式，或许就是选择离开！

爱不仅是喜欢。爱是理解,理解即意味着宽恕……不指责。

——弗朗索瓦丝·萨冈

# 30
## 恋与爱

## "恋上一个人"和"爱上一个人"是不同的

爱是包容,是义无反顾,不求回报。

喜欢和爱的区别就在此。

艾里希·弗洛姆也说:"爱是一项主动的行为,而不是被动的情绪反应。"所以爱不是"坠入",而是"主动踏入"。

而恋与爱也是有区别的。

我十几二十岁的时候,体验过"恋"的感觉。

那时候我可以向对方说出"我喜欢你",但"我爱你"这句话却说不出口。

为什么呢?为什么说不出"我爱你"?年轻的时候我一直有这个疑问。

"爱"是一种更广阔的感情，我还太不成熟，无法将其表达出来。或许爱存在于更高远的地方，而我还抵达不了。

玛丽莲·梦露说："爱是信任，人在爱一个人时要完全相信所爱的那个人。"相信对方，理解对方。这就是爱。

我认为如果喜欢一个人，比起"相信"，更应该做到"不怀疑"。

如果不能完全相信对方，就会一直想搞清楚对方"现在在做什么？和谁在一起？在哪里？"。即便两个人相恋、结婚，"两个人"仍然是由"一个人"和"一个人"组成的，各自都是独立的个体。

每个人都有自由的个人空间，如果两个人不在一起的时候，就不在乎对方是否快乐，有什么感受，不期待彼此的变化和成长，这种关系就称不上是"喜欢"。

话虽如此，秉持这种观念，我的恋爱之路就一帆风顺吗？老实讲，我还真不敢这么说。

依我的经历，恋爱的时候，如果不束缚对方，也不吃醋，反而会产生反效果，容易让对方觉得你可能并不十分喜欢他，进而生出不安和孤独感。

总之,"恋上一个人"和"爱上一个人"是不同的。

"爱"中有"信任"和"理解",而这是喜欢和恋慕里所没有的。

还要做到"宽容"——不随意指责。

虽然我做到了信任、尊敬并理解所爱之人,但是针对"不指责"这一条,或许我得多想想,是否做到了。比照萨冈对爱的理解,反观自身,在爱这件事上我还有很多要学习的。

无序不等于混乱,而是一种奢侈。

——可可·香奈儿

# 31

## 不被周遭的眼光束缚

## 我想成为香奈儿那样的人

"要做不合群的人,不动摇的人。"不愧是可可·香奈儿说出来的话。

"我就想成为这样的人。这是我选的路,我会按照自己的想法走下去。为此就算遭人厌恶、做一个被人讨厌的女人,也在所不惜。"(山口路子《可可·香奈儿语录》,大和文库)

我敬佩她的笃定和坚强的意志。

在这个重视和谐、谋求合作的社会,提倡"无序不等于混乱,而是一种奢侈"的她让我心向往之。

正是因为可可·香奈儿不拘泥于普遍意义上的常识、秩序和规则,勇于突破,才创造出了一个崭新的时代。

不被社会上一时的评论以及周遭的眼光束缚，坚持自己的想法不动摇，活出自我，这是我想要的生活方式。

"二十岁的长相是天生的，三十岁的容貌是生活雕刻的，而五十岁的样子，反映了你自身的价值。"（山口路子《可可·香奈儿语录》，大和文库）

人年轻时自然貌美，慢慢地，不同的生活塑造了各异的容貌，到最后，人怎样度过一生则决定了他的价值所在。

我期待着岁月的馈赠，期待着一个能够充分表达自我的世界。我将把独一无二的可可·香奈儿作为榜样，在前进的道路上，努力做一个像她那样的人。

在这个世界上我最喜欢的就是笑了。

——奥黛丽·赫本

# 32
## 笑是会传染的

## 小学时期的大发现和"凉子笑容战术"

从小我就特别喜欢"吉本新喜剧"。我喜欢的喜剧电视节目有《志村大爆笑》和搞笑双人组 DownTown 的《感觉超良好》。

高中时我喜欢森田一义的《语汇天国》，昨天还为了去看友近的《神社爱之歌》公演（由两部构成，第一部是友近主演的戏剧，第二部是水谷千重子和仓毅的音乐会）去了趟明治座剧场。

我就是一个喜欢不分昼夜大笑的人，而且我在小学的时候有一个大发现。

那时我模仿过《感觉超良好》里边的一个小桥段，把全班同学都逗笑了，后来又模仿了新喜剧里坂田的搞怪模样，惹得同学们哈哈哈哈哄堂大笑。我喜欢大家都高高兴兴的氛围，自己则完全成了班里的搞笑艺人。

但是那时担任班主任的女老师提醒我："广末，你是女孩子，别做那些滑稽的事。"

现在的社会不鼓励诸如"作为女性应该……""像个男人样儿"一类的评价，这些说法是如今这个无性别时代的禁忌，在我小时候却被认为是理所当然的，不管是家长还是老师都曾说过"女孩子要温柔一些""男子汉不能哭"这种话。

被老师提醒后，我想："女孩子不能做滑稽的表演搞笑，那么该怎样逗大家笑呢？"

一番天人交战后，我得出的结论是：我自己先开始笑。

我试着回想大家一起哈哈大笑的场面和当时的情况，我意识到那些时候我也在笑。这么看来，笑容可能是会传染的，笑容会带来笑容。所以如果我不能再做搞笑表演逗大家笑，那么我就自己先笑吧，这样或许大家也会跟着笑起来！

对于当时在念小学三年级的我而言，这是一个世纪大发现。

用现在的歌来打比方，就是植村爱在歌中唱的那样，"你的笑容让更多的幸福蔓延在全世界，你的笑容让一切都变得美好，我的手你的手紧紧相牵"（《幸福》）。

在将"凉子笑容战术"付诸实践时，我意识到可能还存在一些问题，于是改良了一下，我决定：既然一直扮滑稽（让人一直笑）会被老师训斥，那就靠自己的笑容进行微笑扩大作战吧！

因为过往种种，才有了现在的我。

现在的我也一直告诉自己要笑，也希望大家都能保持笑容。笑是一件好事，是一件重要的事。

我很难跟一个不够强大的男人共同生活，
也不可能跟一个比我强的男人待在一起。

——可可·香奈儿

# 33

和自己的弱点好好相处

## 我要去哪里认识伐木工？

"适合凉子的是有权势的人或者大富豪，伐木工也非常合适。"

这是我和当时的男朋友分手后，一个异性好友给我的建议。当然了，他并非落井下石，而是根据我的工作性质和性格出的主意，是考虑了两性力量和权力的平衡才提的这个建议。

"我要去哪里认识伐木工？！都没听说过有伐木工联谊会。"虽然我是笑着回应的，但是对他的观点多少有些认同。

朋友的意思是，适合我的人应该对"女演员"的工作性质持平常心，既不期待我刻意示弱，他自己也不自卑，自觉低人一等，这个人还需要做到不被媒体、周刊杂志，以及身边的各类杂音扰乱心绪。

"我很难跟一个不够强大的男人共同生活"，我无法把自己和说出这句话的香奈儿相提并论，但为什么我总觉得和她在很多方面都有共同点，有一种亲近感呢？太不可思议了。

香奈儿还说过"女性要学会和自己的弱点相处"，这方面我也必须向她学习。

年轻的时候，喜欢的人总是跟我说："凉子很强大，肯定没问题。""凉子很强大，和那个人不一样。"那时候的我和自己的弱点好好相处了吗？毋宁说，我连如何坦诚面对自己的弱点都不会。

现在我有幸遇到的人生伴侣是不会对我说"你很强大"这种话的。我独一无二的最佳搭档清楚我是一个强大而脆弱的人，他包容我的好强和不认输，也允许我内心住着一个杞人忧天爱哭鼻子的小朋友。所以我们的关系总是平等的。

他是一个强大的人，但是不会比我更要强，我爱他，并尊敬他。

我没有时间吃醋。

——冈本敏子

# 34
## 女性前辈

## 冈本太郎纪念馆之行，我遇见了敏子女士

有工夫吃醋，还不如把时间用来修炼自身！比起担心怀疑对方有的没的，闷闷不乐地浪费时间，还不如花时间让自己变得更有魅力，或者更加珍惜两个人在一起的时光，创造更加深厚的回忆。我希望我爱的人因为我而变得更好。

上高中的时候，我首次读到冈本敏子女士的书，那天我去了位于南青山的冈本太郎纪念馆。那是一个绿树成荫茂密生长的盛夏，就像爱丽丝进入神奇国度一般，一股神奇的力量吸引着我，把我带到了冈本太郎纪念馆。

局促地挤在一起的展品带来打动人心的力量和存

在感，每个物件似乎都是有生命的，整个空间完全没有多余的留白，洋溢着一种摄人心魄的张力。

作品就不用说了，包括整个工坊、道具、房间内部的空气在内，一切都像活了过来一样，栩栩如生。极其自由、先锋而热烈，同时也十分温暖。

总之，对十几岁的我而言，那是一个让人激动、备受震撼的场所。但是不知为什么那天我并没有买冈本太郎先生的书，而是买了其夫人冈本敏子的书，我不记得原因了。从那天起，不知不觉地，我的书架上敏子女士的书变得越来越多。

机会难得，容我分享我喜欢的敏子女士金句。

"爱着你，喜欢你，想把一切都给你。这就足够了。"

"如果男性自我设限，畏畏缩缩，那么女性就会想撑起半边天。一个男人，就算他有些鲁莽冲动，就算他热衷于不被世人认可的事，只要他有干劲，眼中有光，就是个好男人。"

"想更加努力，更加积极，挑战更大的梦想。"

"只争朝夕，活在当下。"

啊，有敏子女士珠玉在前，我平庸的文字只是狗尾续貂了。任何释义和感想都显得多余。我多想再列举敏子女士的一百句名言。

"要互相成全，自己一个人是不能成就'自己'的。"

"多多展示自己，一切才刚开始。"

皱纹并不可怕,那是岁月的勋章。

——艾瑞丝·爱普菲尔

# 35

## 有皱纹又怎样

## 抵抗衰老不如优雅老去

我很喜欢母亲的笑纹,可爱又有魅力,就像艾瑞丝说的那样,皱纹就是岁月的勋章。母亲总是活泼开朗、乐观向上、不服输,我很小的时候,她就以女性的身份给了我许多建议。

"嘴角上扬,微笑让女孩子看起来很可爱哦。"

"我们家的屁股都大,所以早会的时候要记得踮起脚!"

"不喜欢刷牙就会满口黄牙,这样的女孩子可当不了演员哦。"

"长大后要小心甜酒。"

"我们家的教育方针是培养出'会和人打招呼的

孩子'。"

在母亲的教育下，我从五六岁开始就在镜子前面练习微笑，造就了现在无意识嘴角上扬的习惯；小学时我几乎每周都会去看牙医，后来变成了一个爱刷牙的少女。

初中时，我发现家长交给学校的资料里，教育目标一栏里写的是"会打招呼"，我还恳求母亲："这太难为情了，谁不会打招呼呀，写点儿稍微难一些的目标吧！"

进入演艺界后，因为言谈举止——笑脸迎人、主动打招呼，我经常收到夸奖。长大成人后，我意识到这件于我来说已经习惯成自然的事，全仰仗父母的悉心栽培。很感激他们。

我的母亲是一个正直、努力、表里如一的人，她有坚强奋斗的一面，也有像小孩子一样爱撒娇的一面，真正活成了"有少女感的大人"的模样。

正因如此，她才长出了笑纹吧，而且我真心觉得那简直太漂亮了。

母亲的母亲，也就是我的外祖母已经九十五岁。她爽朗大笑时的表情，她自称"比凉子还漂亮"的白净平滑的肌肤，她柔软的双手，我都爱得不得了。

所以我认为，抵抗衰老不如优雅老去。我想像母亲和外祖母一样，任由皱纹爬上脸庞，任由岁月自然生长。

据说生气的峰值只有六秒钟,
怒火中烧时,不妨先忍耐六秒。

———— 广末凉子

子どもと共に、家族と共に成長していく

# 第四章

## 对孩子不能抓得太紧,也别怕爱得太多

> 不选择也是一种选择。
>
> ——让-保罗·萨特

# 36

## 不想忽视孩子

## 第四章 对孩子不能抓得太紧,也别怕爱得太多

## 打破了坚守十七年的原则

开始写这本书时,我打破了孩子降生以来自己一直坚守的一个原则。

那个原则是:不把工作带回家。

在家里我不会看剧本,在家就集中精力做家务和照顾孩子。就算有空闲,也不会用来工作,我会和孩子们玩耍或聊天,总之,我把家庭放在第一位。

这是我十七年来坚守的原则。

听我这样说,不少人可能会认为母亲这个角色我适应得不错。但是实际上真的没有这么潇洒。

别人总会觉得我很厉害,年轻的时候能兼顾学业和工作,现在又能兼顾事业和家庭。同事也好,朋友也

好，总会认为我是一个很聪明很厉害的人。

其实事实正好相反。同时兼顾两件事，对我来说太难了。

工作方面也是，我无法在同一个时期出演完全不同的作品、扮演两个不同的角色。我甚至不能边看书边听音乐，只能集中精力做一件事。

而且我处理信息的能力也不强。上学时，备考期间刚刚做过的题目，到了考场上，我也想不起，总是在考试现场重新思考演算。连班主任都说我不够聪明，完全在做无用功。

正因为了解自己，我才定了"不把工作带回家"这条原则。一旦在家里工作起来，我眼中就看不到其他，肯定会忽视孩子们的情绪和行为。

我不想成为那样的母亲。

这次因为要写这本书，不管怎么样，这条原则我都很难再继续坚持下去了。

真正开始执笔时我意识到，如果不把工作带回家，那要在哪里写稿子呢？难道要为此专门租一个房间，或者去住酒店？

写下这些句子的当下是凌晨四点。我每天凌晨四点起床,四点到六点这段时间写作。六点到八点做清洁和餐食,准备孩子们上学的东西,送他们去学校。完成这一切后,我自己再花十分钟收拾一下,然后去片场。

自从决定写这本书,我就开始了这样的生活。每天都很困,感觉身体要变成泡泡飘起来了。

今天早上五点半,女儿就起床了。

"怎么这么早就醒了?还早呢,再睡会儿吧!"我说道。

"因为找不到妈妈。"女儿小声说。

现在,我的手里握着笔,怀里抱着睡得香甜的小天使。

听得见窗外秋虫的鸣叫和落雨的声音。东方渐白的天空,女儿熟睡的侧脸。

这是让我忘记疲惫的幸福时光。

虽然原则被打破了,但感觉也挺好的。

游戏让人领悟到自控力的真谛。

——罗歇·凯卢瓦

# 37
## 玩耍与育儿

## 和孩子一起尽情吃喝，放松休息，畅快玩耍！

在孩子们眼里：玩儿就是一切！的确，玩儿可以让身心得到满足，在玩耍时人会将全部的精力投入其中，能量得到释放，智慧和知识也得到了充分调动。孩童的世界里，玩儿就是一切的原动力。

这才是孩子，童真存在于玩耍之中。

反向思考，孩提时代，有很多东西是从玩儿中学到的。也就是说，玩耍，可以学到很多。

在这个物质充盈的时代，不用再专门去百货商店和玩具店买玩具，在网上迅速地找到想买的玩具后，点击下单，很快就会送货到家。

在这个时代，一群人不必聚到一个朋友家中盯着一个游戏画面一起玩儿，每个人在自己家里就可以很轻易地和世界各地的人连线，一起对战。

无疑，"玩耍"的形式和形态也随着时代进步发生了很大的变化。

但不管在哪个时代都有亲子游戏，有时成年人也会和孩子一样入迷，因此，玩耍既能加深家庭成员之间的感情，还会教给我们生活的学问。

我小时候很喜欢捏泥球的游戏。只要先建一个稳固结实的基座，然后多次把沙土往上堆，最后就会得到一个光滑漂亮的泥球。

上幼儿园时我不喜欢午休，每次都是等大家睡着，然后征求老师的同意，独自去院子里沉浸于捏泥球的游戏，乐此不疲。

小学低年级的时候特别喜欢玩"小偷和警察"的游戏（分成小偷和警察两队人捉迷藏，不同的地方叫法不同，也有叫"警察抓小偷"的），还有"S拳"游戏（在地面画出S形，将人员分成两队，双方都要到对方地盘去夺取宝物），那时经常和朋友们一起制定各种战略，休息时间也都在玩儿。

小学中年级那会儿流行玩足垒球，下课铃一响大家会同时冲向操场，就为了占领场地，以免被高年级的学生捷足先登。

高年级开始打篮球和踢足球。早上我总是早早到学校，请保管员打开体育器械室的门，拿出篮球自己一个人练投球。放学后到上课外班的短暂间歇，我会挤出时间，和男孩子们一起追着足球跑。因为我们家从不禁止小孩子玩游戏机，所以我也充分享受到了电子游戏机的乐趣。

小时候我就是这么一个活泼的孩子，发型也一直都是短发，从来不爱穿裙子，外表看上去和男孩没什么两样，玩伴也都是男孩子。不过我在家里还是会和妹妹一起认认真真地去丽佳娃娃的家里做客，玩森贝儿家族过家家的游戏。这样说来，我确实很能玩。

做母亲后，在养育儿子的过程中，我也玩到了很多之前没有玩过的游戏。比如爬树、投接球游戏、钓小龙虾，还有露营！现在，《动物之森》《明星大乱斗》游戏都是孩子们教我的，吉他和架子鼓他们也玩得比我好一百倍。还有许多可以玩儿、可以学的！

我喜欢这句话："和孩子一起尽情吃喝，放松休息，畅快玩耍！"

人们只是想如何保护孩子，这远远不够。还应该教会他长大后如何保护自己，教会他怎样承受挫折，教会他不要把繁华和贫穷看在眼里，教会他在冰岛天寒地冻的雪地里，或者在马耳他烈日炎炎的岩石上，都能生活下去。

——让 - 雅克·卢梭

# 38

## 信赖孩子

## 保护孩子，也要教会孩子独自生活的能力

> 孩子婴儿期时，做到肌不离手。
> 
> 孩子幼儿期时，肌离手不离。
> 
> 孩子少年期时，手离眼不离。
> 
> 孩子青年期时，眼离心不离。

这是我在育儿时深有同感、很受启发、很重视的四句话（育儿四训）。

生产，育儿，情感，成长，自立，亲子羁绊。

我将自己最喜欢、最常阅读和践行的育儿书介绍给大家——《西尔斯亲密育儿百科》。如果想培养出温柔而坚强的孩子，这本书值得一读。

这本书强调"亲密育儿法",即多抱抱宝宝,了解宝宝的需求并予以回应,由此与宝宝建立起亲密关系。

它强调不只要培养身体强壮的孩子,也要让孩子从小学会与人亲密,学会接受和给予爱,以此让孩子学习信任周围的人,让孩子拥有自信。一个自信的人将来必定是一个能够自立的人。

文章开头的名言也是相似的养育观念,随着孩子的成长,我们不仅要保护他们,从某个时候开始也要教会他们独自生活。

井本蓉子创作的绘本《月之夜》(岩崎书店)中,描写了小动物的生命力、亲子之间的感情羁绊,以及随之而来的"与孩子的分别仪式",通过"分别"让孩子找到自己要走的路,教会孩子生存的方法。

我自己是那种不管在孩子身上倾注多少感情都在所不惜的人,总觉得给孩子再多的爱都不过分。

我有一个观点:对孩子不能抓得太紧,也别怕爱得太多。

每天早上我都会拥抱孩子们,和他们说"妈妈喜欢你""妈妈爱你",然后送他们去学校。孩子念幼儿园到中学的十二年间,我每天都会用自制便当向他们传递爱意。

孩子们的"青年期"很快就要到了，马上就要到"眼离心不离"的时期。我真的做得到"眼离"吗？真的做得到不过多干涉孩子，信赖他们，支持他们，完美地完成亲子分离这一课吗？这是作为母亲的我接下来要面临的课题。

我们生来是软弱的，所以我们需要力量；我们生来是一无所有的，所以需要帮助；我们生来是愚昧的，所以需要判断的能力。我们在出生的时候所没有的东西，我们在长大的时候所需要的东西，全都要由教育赐予我们。

——让-雅克·卢梭

# 39

## 育儿要不间断地学习

## 白颊黑雁和卢梭给我的育儿启发

问个问题,你知道有一些可以在各种严酷条件下生存的"极限环境动物"吗?

比如才出生一天就蹦极的鸟儿"白颊黑雁"。令人吃惊的是,白颊黑雁雏鸟出生后第一天,脚还站不稳,就得从一百米高的悬崖上朝地面俯冲。看到这样的画面,任谁都会倒吸一口凉气,吓得捂上眼睛吧?毕竟是那么小的雏鸟从那么高的悬崖绝壁上一只只往下跳啊!

这种幼小的雏鸟为什么会这样做呢?

答案就是,为了不被狐狸等天敌吃掉!在白颊黑雁雏鸟出生的巢附近有许多它们的天敌,所以那里对于雏鸟来说是十分危险的地带。无处可逃的雏鸟为了不被其他动物吃掉，只能从一百米高的悬崖上纵身跳下去。

其实这一行为很合理，对这些雏鸟来说，这是活下去最好的办法。从悬崖上向下俯冲的雏鸟因为身体的重量很轻，不会猛烈地撞击到地面上，而是会像羽毛一样轻轻落下，它们缓缓着地的画面令人吃惊。

还有一种生活在南非高温地带的"南非地松鼠"，尾巴就像遮阳伞一样，可以帮它们降低体温。这解释了为什么它们能在那么酷热的地方生存下去，因为它们拥有相应的战略或者说是选择。

还有被切断后变成两条的"涡虫"。这种扁形动物被切成两段后，每段各自会变为一条新的涡虫，令人惊讶的是，不管怎么切，不管切成十段还是一百段，每段都能长成新的涡虫，有人做过实验，最多可以切二百七十九段。这大概是它们为了尽可能提高种族存活率才进化出的特质。

想来有很多读者会有疑问，为什么突然聊起动物的话题？因为看到卢梭这段话时，我想起了之前在电视上看到的"能在残酷环境下生存的动物们"。

而人类和动物不同，有很大差异。人类十分弱小，不会像文章开头提到的雏鸟一样奋不顾身地俯冲，不能把自己的身体作为伞来使用，身体被切断后也无法复原，哪一样我们都做不到，因为我们的身体并没有完成那样的进化。

正因此，我们需要力量、帮助和判断力。我们也需要教育。教育会让我们得到很多宝贵的知识，学到重要的谋生之道，希望今后可以继续感知这些教育带给我的东西，并贯彻到育儿中。

我能够像终极登山家羚羊一样，为了教会孩子生存的道理而把他推下悬崖吗？

我到底能够做到多么严厉？真的做得到在重要的时候支持孩子、在必要的时候放手吗？此时此刻我再次思考着这个问题。作为母亲，我想在今后的日子里一边自问，一边寻找答案，和孩子共同成长。

我一直认为五岁是一个人的黄金时代,每个人五岁的时候都是天才。

——埃里克·霍弗

# 40
## 五岁的天才

## 会唱《红辣椒》，也能包出形状好看的饺子

埃里克·霍弗说"每个人五岁的时候都是天才"，现在的我对这句话深有同感。

我家的"天才"马上就五岁了，早上起床后，她会自己换好衣服，接着坐到椅子上，认真说完"我要开动了"，然后灵巧地使用筷子吃早饭。

她会把自己做的拼豆烫珠拼图摆到眼前欣赏，时而单手摆弄着玩绳结游戏时的毛线，同时按照三角进食法，以她自己的速度不慌不忙地把饭吃得干干净净，说句"我吃饱啦"，然后把碗碟依次摞好，小心翼翼地端去厨房。

她还会把便当和水壶放到书包里，测一下体温

（自从对新型冠状病毒感染症的"紧急事态宣言"发布以来，孩子们也需要每天监测体温，每天将体温填入健康调查表后交给学校或幼儿园），去一下洗手间，穿上外套，戴好幼儿园园帽，最后在玄关选好适合今日穿搭的鞋子，对着全身镜中的自己笑一笑，然后出发！

看看，基本和成年人没什么不同。才五岁就可以出色地完成自己的事了。

并不是说五岁能完成成年人做的事就是"天才"了。我家的天才不仅会唱《红辣椒》，连米津玄师的《Lemon》和LiSA的《炎》也基本能唱出来。而且只要和我同在厨房做饭，她不仅可以包形状很好看的饺子，做汉堡时也能忍着食材的冰冷努力捏肉饼，还会给虾均匀地裹上面糊。

那这就是天才吗？事实上我也不能说这样不负责任的话。

不过仅仅以一个家长的立场来看——五年以来关注着孩子成长的点点滴滴并为之欣喜，一直陪伴左右给其帮助与支持——我女儿是最可爱的，可爱得不得了，真想把她一口吃掉。

从我的角度来看，她就是"天才"，而且任何时候都是她的"黄金时代"。

　　衷心希望我女儿的"天才时刻"和"最好的现在"都能永远持续下去。

"孩子,如果你要做傻事,就做能让你快乐的事。"这是一个母亲对儿子说的最明智的话。

——弗里德里希·尼采

# 41

## 让自己开心的傻事

第四章 对孩子不能抓得太紧，也别怕爱得太多

# 我希望孩子们尽情扩展自己的可能性

文前选段中的女性真是一个快乐的妈妈，优秀的母亲，我也想像她一样。

对孩子来说，最好的学习途径就是玩耍。在玩耍中有学习的原动力。为了玩得开心，因而产生了很多想法和创意，在游戏中也会激发好奇心、提升专注力，这些兴趣和探索与学习紧密相连，未来也会发展成对知识的掌握和对研究的热衷。玩得开心就是一切的出发点！

我想起一件十多年前的事。有一天，我接到儿子学校打来的电话："您孩子受伤了，请赶快来一趟学校，需不需要送去医院得等您了解情况后决定……"

因为我已经接过这样的电话很多次了，所以并没有像第一次那样心神不定。我在电话里先问了一下孩子的伤情和严重程度，然后往学校赶。

电话那头说，孩子的右脚受伤了，胫骨擦伤，皮开肉绽，可以看到白色的骨头。

光是听听症状就觉得疼得不行，犹如想到梅干就会分泌唾液一般的感觉。"孩子到底是怎么受伤的呢？"我怀着疑问走进学校，来到儿子面前。

看到儿子带着稍许抱歉的表情笑着说"真的还挺疼的"，并没有因为受伤而露出惨状，我多少放心了一些。

询问事情经过后得知，儿子当时在和几个朋友比赛，看谁能在不弯曲膝盖的情况下跳更多级的台阶。在我询问"其他孩子都还好吗"之前，儿子抢先说："是我出的主意，所以我先跳的。其他人都没事！"

十多年后的今天，他的腿上仍然看得到那时留下的勋章，回头看，那段往事已经成了令人怀念的回忆。

但孩子，尤其是男孩子怎么会有那么多奇怪的主意呢？实在令人难以置信。太傻了。

眼前浮现出一群男孩子肩并肩热火朝天地跳上跳

下的画面。

"做事傻里傻气的。"这就是儿子。

作为守在一旁的家长，一边提心吊胆，担心危险无处不在，一边关注着孩子，和他一起笑，一起反省，见证他的每一步成长。这就是母亲。

我不想做那种家长：不准孩子做这做那，只想着规避风险，强迫孩子念书，还把学习作为换取玩耍的条件。

我希望孩子们尽情扩展自己的可能性，把最强的自我肯定感装进前行的背包中。

他们的未来是光明的。

谁要是不热爱孤独,那他也就是不热爱自由。

——阿图尔·叔本华

# 42
## 和孤独做朋友

第四章 对孩子不能抓得太紧、也别怕爱得太多

# 年长的人未必凡事总能走在前面

"与不安和孤独做朋友。微笑面对梦想，无比诚实地看待梦想。"

2020年夏天，整个世界陷入新型冠状病毒的威胁，日本的每日感染者人数未见有减少的趋势，仅在美国因感染新冠死亡的人数就超过了二十万。得知在美国留学的大儿子暂时无法回国，我和他分享了文章开头的句子。那是《为什么要听我的》这本书的作者、摄影家幡野广志写的一段话。

"与不安和孤独做朋友"，我想和儿子分享：我喜欢这句话，它给我一种温柔的感觉，同时，句子中提到的状态很难做到，不过，我想尽量努力，离这句话描述

的状态近一些。

这种表达是以冷静的视角来看待"孤独",不沉溺于落寞的情绪,也不试图克服和战胜它,而是"与它做朋友"。

论年纪和阅历,我已经完全称得上是成熟的成年人,但我仍然会憧憬一种努力靠近"从容","从容"中同时带有"不安与孤独"的状态。

我被这句话深深吸引的一瞬间,感觉时间都停止了。

但儿子马上笑着说了大实话:"我实在不擅长应对孤独!"

"妈妈也是!完全不擅长。"

我们母子俩都笑了,我们都差不多。

别说儿子了,连我都离"与孤独成为朋友"的日子还远着呢,但是我们一起成长也挺好。父母不总是正确的,年长的人未必凡事总能走在前面。所以如果有一天儿子比我更早一步与孤独成为朋友,那么我会向他讨教一下其中的秘诀与感受。

但愿梦想与希望一直在他左右、给他支持……

谁若游戏人生，他就一事无成；谁不能主宰自己，便永远是一个奴隶。

——歌德

# 43

## 职场妈妈的梦想

## 做家务和照顾孩子可没有假期

对,就是这样!必须好好生活,不虚度每一天,不纵容自己,振奋起精神。

就我自己而言,有工作和拍摄任务的时候,我会无条件地充满精神和干劲,就像蒸汽火车一样从头顶不停冒着气前进,毫无问题。

休假日,又是什么情况呢?不管是休假日,还是有工作的日子,做家务和照顾孩子可没有假期。世间所有妈妈都有同感,我自然不例外。

纵使到了四十岁,仍然会经常翻看流行杂志,看杂志上漂亮的模特一头柔顺飘逸的长发,美丽的喇叭裙裙摆飘飘,漫步街头……这就是我梦想中的"妈妈休息日"。但至今没有实现梦想中的日子，梦想还是梦想，持续多年的梦想。

当然了，拍摄杂志的时候，我也会化上漂亮的妆，去挑战一些颜色艳丽的服装和短裤，然后在青山周边阔步漫游，短暂体验梦想中的"妈妈休息日"。每当这时，我的脑海中就会泛起"也想过这样的生活"这类念头。

总之，于我来说（相信大多数有工作的妈妈都是这种状态），不管是工作日还是休假日，都在全速运转，根本没有游戏人生的时间！

在闪闪发光的梦想中的"妈妈休息日"到来之前，我会作为职场妈妈继续努力奋斗的！

当危险来临时才去准备就迟了。

——塞涅卡

# 44

## 重新认识"危险"

第四章 对孩子不能抓得太紧，也别怕爱得太多

# 如果飞机坠海，为了减轻自重救我的孩子……

是从什么时候开始，原本无所畏惧的我会提前预想所有可能发生的危险？

年轻的时候我是这样想的：即便有坏事降临，哪怕失去性命，那也都是命中注定，我会照单全收，我要将有限的生命活出无限的厚度！

对了，就是从孩子出生后，我的想法开始变化的。和孩子一起生活后，我才发现原来生活中存在着诸多潜在的危险。正因为对这些危险有些不安和担心，我才意识到要注意安全。我开始注意食物配料、衣服质地，甚至对之前完全不关心的社会动向和新闻也变得很敏感。

就算只是在路上行走，我也会假定"这辆车突然

倒车……"的情形，和它保持安全距离；乘电梯时，我会想就算电梯停了我也要做好万全准备，于是尿布、饮料、食物等随身携带的东西变得越来越多；每次坐飞机我也会认真思考"如果飞机坠海……"，为了减轻自重救我的孩子，我需要把衣服脱到什么程度之类的事情。

正是孩子们的存在，让我具备了远离危险的能力，掌握了应对危险的知识。因为要守护孩子，我开始知道"危险"究竟是什么，重新认识了它。

我们全家人会一起讨论"如果发生地震和其他天灾，该去哪里避难和会合"。

千万不能跟着陌生人走！雨伞和鞋子上不要写名字，背包里要安装防盗警报器。

自从新冠疫情肆虐以来，全家人都会做好每天的体温检测和消毒，戴好口罩。

需要教给孩子们的远离危险、应对危险的方法还有许多，希望可以花一生的时间和他们共同学习，相互交流，直到孩子们成为父母的那一天。

每个人都是独特的,每个人的诞生都为世界带来独一无二的新东西。

——汉娜·阿伦特

# 45

## 母亲的幸福感

## 如果没有当演员，我可能会生很多孩子……

就算经历了再多艰辛的现实、残酷的事实，汉娜·阿伦特仍然能以一种肯定的态度来看待生命的诞生。我很尊敬这样的她。

正因为她是一个以不屈精神斗争到底的人，是一个活在爱和真实中的人，所以我能够从她的话语中得到喜悦和勇气。

对我来说，生孩子是一次奇迹般的经历——我想可能对女性来说都是如此，所以换一种说法——一次最幸福、最美好的人生体验。

在向男性普及生孩子的痛苦程度时，经常可以听到这样的说法：就像是从鼻孔里挤出一个西瓜。也听说过如果让男性真正体验生孩子的痛苦，他们恐怕要疼得死过去了。

生产那种剧烈的疼痛确实是真的，但是生完孩子后的幸福感会让母亲忘掉痛苦也是真的。这实在是太不可思议了。

说实话，如果我没有从事演员这份职业，为了再体验一次那个时刻，再回味一次那种幸福，我可能会成为一个大家庭的母亲，孩子们可能都能组成一个足球队。我真的这样想。

前几天，二儿子同班同学的妈妈在聊天软件上发了一条信息，说"老三平安降生了！"。看着她刚出生的孩子和可爱的哥哥们的合影，我也兴高采烈地抱紧了身边的女儿。

"怎么啦妈妈……"女儿不好意思地笑着说道。

我想到她刚出生时的场景、成长的点滴和现在健健康康的模样，眼泪都快要流下来了。

不明所以的女儿一边笑着，一边化身成一个小小的母亲，抚摸着我的脑袋安慰我。

为什么一个小生命的诞生让人如此喜悦？

为什么会让人有如此幸福的感受？

答案或许就在汉娜·阿伦特的话里。

但愿每个人的诞生都能给世界带来喜悦和幸福,但愿人类能共同营造一个和平的世界。

自己创造的幸福是骗不了人的。

——阿兰

# 46
## 幸福的形状

# 家人是自己创造的幸福，
# 我的幸福完全来自家人

最近我频繁地思考起"幸福是什么"和"我的幸福是什么"这类问题。

不知道是因为年纪大了，还是受新冠疫情的影响，抑或是我最爱的祖母住院了，到底因为什么我说不好。早上起来摸黑上楼梯时，夜晚在卧室昏暗的灯光下确认行程安排、梳理学校发来的通知时，送孩子到兴趣班后回程路上抬头仰望天空时，我经常会思考"何谓幸福"。

和家人在一起的时候，我会很频繁地感到幸福；只是和孩子们围坐在一起吃饭，就能让我感到幸福；看着大家吃着我做的饭菜吃得很香的样子，真的感觉很幸福；吃完饭后孩子们一边说着"我吃饱了",一边把碗筷端去厨房,看着他们的背影,发觉他们每天都在慢慢长大,同样也会令我感觉很幸福。

像这类日常生活中的幸福,是写不完的。虽然微不足道,十分寻常,但于我来说却是实实在在的幸福。

回想起来,感到"我真幸福"的时刻大部分是我和家人在一起的时候。与之相对,每次思考"何谓幸福",基本上都是独处的时候,而且那种时候我往往都很疲惫不堪,被时间推着往前走,那个当下总在想"我这一辈子就得一直不停地工作吗""为什么我必须这么拼命努力啊"。

唉,疲惫不堪。

人在疲惫的时候都会有不满和困惑,但我不用思考、不必追寻就知道自己必须努力的理由——自然是为了家人!至于是否必须工作一辈子,还不急于马上得出结论。

有些跑题了,不过我的幸福完全来自家人,这样一想,阿兰的观点很自然地就走进了我的内心。

家人无疑是自己创造的幸福,而且家人绝不会背叛我,这种幸福绝不会欺骗我。

爱是一项主动的行为,而不是被动的情绪反应。所以爱不是"坠入",而是"主动踏入"。

——广末凉子

不要纠结于自己是否被爱，
也不要在意谁先爱谁后爱，
两个人之间最理想的状态是
"彼此相爱"。

——广末凉子

人生、偶然と必然の狭間で

第五章

游走在偶然和必然间隙的人生

若这世上没有不幸,我们会以为自己在天堂。

——西蒙娜·薇依

# 47

## 接纳不幸

## 那些"不幸"和"受苦"的时刻，让我成长

孩提时代，我一度认为不幸是不好的、消极的，于人生无益。

高中时代，我认真地思考过，如果能尽量不吃苦、不流泪，对一切一笑了之，开开心心地度过每一天的话，不管是自己还是周围人，都会成长进步，成为一个积极乐观的人。

二十几岁的时候，我不认同大人们"要让孩子经受历练""多受些罪没坏处"这些想法。

直到我真的长大成人后才意识到，自己艰难困苦时所经历的那些烦恼、伤害和止步不前，那些"不幸"和"受苦"的时刻，让我真正得到了成长，也让我养成

了设身处地为别人着想的能力。

撞上一望无边巨大墙壁的时候，在不走运和不幸正中央呆若木鸡的时候，遭遇巨大打击、无法相信任何人的时候……身处这些旋涡之中，人会变得看不见周围的一切。

不仅看不到周围的景色和自己的位置，连身边人伸出的援手都看不清。

但是，没有不会破晓的黑夜，"冬天来了，春天还会远吗？"

当你从那些苦难中走出来时，一定会变得更强大，视野也会打开。

不幸不会白费。

那些艰难时刻，在我们的人生中极其重要，会让幸福时刻显得更难得。

随后的某个时刻，你也一定能体会到人生的本质。

面对不幸。

战胜不幸。

接纳不幸。

人终有一死,但自己当下还没碰上。

——马丁·海德格尔

# 48

## 人终有一死

## 活着的时候，不要让自己后悔

"如果我死了，你会怎么办？"儿子问我。

"请千万别死！妈妈在工作中可飞不回来。也别遇到什么事故，别受重伤，拍摄中我可走不开。"

"妈妈你过分了啊，工作比你的孩子还重要吗？"

当然不是，但自从开始当演员我就做好了心理准备：不管家里发生什么事，就算亲人快要离世，我也绝不能放下拍摄匆匆忙忙地赶到重要的人身旁。

我的工作没有替代性，不能请别人代劳。而且不管出于什么理由，一旦我无法参加拍摄，让片场因此而停工，那么演职人员以及和作品有关的数百人的工作就都会陷入停滞状态。

考虑到还会给工作伙伴们的家里人添麻烦，那么因为我个人原因而受到牵连的就不是数百人了，会造成更大规模的影响。所以我下定决心：一定要怀着敬畏之心和责任感来做这份工作，决不可以在片场当逃兵，说走就走。

祖父离世的那天，我正在摄影棚里拍电视广告。那时家人都围绕在祖父左右，就连我的儿子也送了曾祖父最后一程。

只有我没有见上心爱的祖父最后一面，那个口头禅是"大笨蛋"、严厉又慈祥的祖父。

拍广告时还在灿烂大笑的我，在回去的车上号啕大哭。汽车从摄影棚开往医院时，天已经黑了，我跟负责开车的经纪人只说了一句"抱歉"，就忍不住在车上抽泣起来，从出发到抵达，我都一直在哭。

我不希望儿子比我先离开这个世界，我不希望珍爱的人死去。

但是，人终有一死。

所以，活着的时候，不要让自己后悔。

时间不会倒流。

所以，每一个珍贵的时刻，每一天都不要让自己在后悔中度过。

人是不完美的,多听听各种意见是有益的。

——约翰·穆勒

# 49

## 人是不完美的

第五章 游走在偶然和必然间隙的人生

## 正因不完美，才想要向更好更强的自己靠近

想要解放思维、让自己更加自由，就应该不拘泥于个别意见，尽量去了解和吸收各种各样的观点（包括难以接受的批评和反驳）。如果在听到不同意见的一瞬间就能理解，并巧妙地吸收、转化、为己所用，那该有多好。

有位演员在社交媒体上发了带负面情绪的贴文，我问了缘由。他说：在日本有"日本职业麻将联盟"等各种各样的团体组织，竞技麻将的专业选手也会加入，这些组织会举办全国性的以团体形式对抗的职业联赛，M联赛是其中一种比赛，会在网络电视上直播赛况，比赛结果揭晓后，出现了批评声和责骂声，是痛骂和恶

语相对的程度。

那个演员认为，因为是团体对抗赛，所以每个成员对其他成员以及团队都应负责任，也要顾虑到粉丝们的想法。基于此，大家面对汹汹而来的批评声也应该诚恳接受，总之要拼命打出精彩的比赛，力争获胜。

他还说："因为连连落败，严厉的批评声开始指向自己，一开始很不甘心，只能强忍情绪，但冷静下来反而会很感谢那些批评声。"因为自己这场比赛，更多人开始对 M 联赛有了兴趣，不管比赛打得怎么样，全员都因为观众给出的热烈反馈而斗志昂扬，其实仔细想想，支持他的人也变多了呢。

在这个时代，人们二十四小时都被博客、Instagram、推特、脸书、LINE 和 Viber 等软件包围。

在网上发表"意见"很容易，谁也看不到谁，也不清楚发言的人身处何方，因此我们都可能会被网上的意见影响和伤害到。但如果能将其中那些逆耳的"意见"视为"有益的建议"……

人是不完美的，正因如此才会想要朝着更好的方向、更好更强的自己靠近。

如此一来，人可能也会因此变得更快乐。

造就伟人的,不是高尚情感的强度,而是其持续时间。

——弗里德里希·尼采

# 50

## 持续是一种力量

## 二十五年来，我都在从事演艺工作

持续是一种力量。积土成山，水滴石穿。

具有忧患意识和心思细腻是日本人的民族特性，我们很擅长一点一点积少成多，精细化作业。"持续是一种力量""积土成山""水滴石穿"这样的表达让我们很受用。

"在小事上孜孜不倦地努力。"西川洁也这样说过。确实是这样。

但很遗憾的是，说实话我很不擅长"勤勤恳恳""扎扎实实""稳扎稳打"，我完全没有信心可以长时间耐着性子专心致志做一件事。

因此，相较于针线活我更喜欢做饭，比起长距离跑（马拉松）我更喜欢短跑。

不过，要说我人生中"持续是一种力量"的例子，那一定就是做演员了。毕竟，二十五年来我都在从事演艺工作。

幼儿园时，其他小朋友都在睡午觉，只有我一个人在园子里捏泥巴，从那时起我的梦想就是当一名演员。小学低年级，我还是一个上学途中会把红色书包落在路旁的孩子，只因为听到父亲说"爸爸送你到演艺圈"，就真的相信了，并对自己要进演艺圈这件事从来没有怀疑过。

小学高年级，要开始考虑将来具体的发展方向了，老家高知县本地的私立中学（初高一贯制）考试近在眼前。此时的我已经意识到，父亲的话只是一时的温柔和关爱，只是说说而已。因此我认为未来要靠自己去开创了，我提前拜托了住在城里的亲戚"在不远的将来让我寄宿"。

我没有考上私立中学，穿上可爱的布雷泽校服的梦想化为泡影。接着我升入公立中学，开始了风雨无阻地骑着自行车去上学的日子。其间，我仍会在乡下的小书店里把《试镜》杂志从头到尾仔仔细细地翻个遍。

热情的信念终于开花结果，毋宁说我太幸运了，在十四岁时通过了试镜，后来得了大奖，接着就朝着梦想一路向前了。

小学时提前拜托过亲戚，于是我借宿在叔父叔母家，边上高中边从事演艺活动。每天早上，不管我因为工作要起多早，叔母都会给我做好热腾腾的味噌汤。喝完饱含关爱的味噌汤，我搭上横须贺线的列车，在车上补觉，睁开眼就迷迷糊糊地单手拿着单词本，匆匆往学校赶，这一路被狗仔队拍到过好多次。

上大学后，因为工作繁重，也担心媒体跟拍引起骚动，连课堂出勤都难以保证了（对学校相关的工作人员和老师深感抱歉），但我抱着绝不能耽误学业的想法，不管是拍电视剧、演电影、从事音乐活动，还是接受采访、拍广告和写真集，都拼命努力，挤出时间，兼顾好工作和学习。

高中时的挚友，到现在仍是我很珍惜的朋友；大学时期，我也遇到了一生的朋友。除了我以外，教育学部的四个好朋友都成了老师。大学的毕业旅行地是马尔代夫，没能毕业的我也参加了。

不管发生了什么，不管什么时候，我都一直坚持做好女演员这份工作。

我非常不喜欢被大批的媒体和狗仔队跟拍，也很不擅长面对周刊杂志记者，上节目对我来说也不容易，有时我真的有放弃这份工作的念头。

我和当时的经纪人（现在的社长）也争吵过无数次，意见相左的情况时常发生，我说过争强好胜的话，也添过不少麻烦。但是不管经历过什么，我们始终都在一起，都很重视演戏和作品质量，都很喜欢拍摄现场，所以将这份工作坚持到了现在。

我觉得这不仅仅是"持续"了，已经称得上是"坚持"。

但这和真正的"力量"，和"伟人"能做到的还差得很远，这一辈子最终能否达到那种境界尚未可知。

一直以来的"持续"无疑是有意义的，或许我和孜孜不倦、勤勤恳恳还有些差距，但我可以自信地说，我是一点一点尽全力努力走到现在的。

持续地坚持努力，成就了我的今日。

重复的一个个瞬间，积累起来，就是人生。

生活永远跟我玩着捉迷藏游戏。

——罗莎·卢森堡

# 51
## "我"的存在

## 《布拉格之恋》：生命的轻与重

我喜欢电影《布拉格之恋》。

它讲述了一段发生在布拉格政治背景下的爱情故事。一对苦恼的恋人，不可思议的三角关系。原作是从捷克逃到法国的流亡作家米兰·昆德拉以1968年"布拉格之春"为背景写的爱情小说。

我喜欢朱丽叶·比诺什饰演的特蕾莎身上的青春气息，还有她那让人脸红耳赤、体温升高的演技。床上熟睡着的她紧紧牵着托马斯的手，而托马斯将手抽出，把索福克勒斯的《俄狄浦斯王》放到她手中那一幕，我无比喜欢，难以忘怀。

"时光倒流吧。"（出自 Pekopa 组合）

《布拉格之恋》原著小说开头是这样写的：

> 如果我们生命的每一秒钟得无限重复，我们就会像耶稣被钉在十字架上一样被钉在永恒上。这一想法是残酷的。在永恒轮回的世界里，一举一动都承载着不能承受的责任重负。这就是尼采说永恒轮回的想法是最沉重的负担（das Schwerste Gewicht）的缘故吧。
>
> ——《不能承受的生命之轻》
> （米兰·昆德拉，集英社文库）

但是在书中另外的地方又写道：

> 人永远都无法知道自己该要什么，因为人只能活一次，既不能拿它跟前世相比，也不能在来生加以修正。

在这里表达了人生和个体生命的轻微，与前述内容形成对比。任何事情都只发生一次，一期一会。

作者通过对个体生命的轻微、男女关系中的重负和不能承受的生命之轻的究诘叙述，淡化了书中提到的捷克革命运动的沉重，在这里暂且不表（说起来就太长了），不管从哪个角度想，罗莎·卢森堡的名言都不可思议地恰如其分。

这句话和尼采将人生比作宇宙的圆环运动如出一辙，通过提出"我"的存在，给人带来和永恒轮回这种宏大范畴完全不同的感觉。

将每个人都会经历的"生活"和人人都能理解的"我"作为主人公，罗莎·卢森堡这句话多少有点儿女性主义的意味。

"生活"和"我"在玩捉迷藏。

那么谁会先追上谁呢？不，可能难分胜负，因为这个游戏"永远"都在进行。

不管将人生、每一天的生活、个人、存在视为"重"还是"轻"，捉迷藏的游戏永远在进行。

至于能走多远，全取决于自己。

一个人感到被轻视的时候最容易愤怒,所以自信的人很少发怒。

——三木清

# 52
## 先忍耐六秒

## 我们应该做自己情绪的调解员

看到有人震怒不已时，你会怎么想？有什么感觉？

当然了，你的感觉会因为你与对方关系亲疏、距离远近的不同，有所差别。不过，这种情况你怎么想呢？

要是我，多半会想："这是怎么回事？他是不是累了？"

从车窗探出头向他人怒吼的人，高声埋怨便利店店员的人，喝得酩酊大醉在路边吵架的人……

这样的人有很多。不过他们为什么那么容易生气？为什么控制不住情绪呢？我想，一定是因为他们用完了"宽容他人的心灵余裕"。

他们欠缺认可别人、原谅别人的余裕。

小孩子没睡好的时候心情会不好，饿肚子的时候也一样。这种时候他们会哭哭啼啼、毛毛躁躁、惊慌失措，而父母都知道是怎么回事，所以不会严厉批评孩子、对他们发火。

因为那是没办法的事情嘛。

孩子尚小，还战胜不了困倦和饥饿。虽然言行举止得体很重要，但更重要的是父母应该照顾好孩子的作息和身体。

这是就"孩子"而言。

那么成年人呢？

"因为太忙没顾上吃饭才发脾气的""工作繁重睡眠不足才性急发火的"……诸如此类的理由是站不住脚的。

不管遇到什么情况，有什么理由，还是应该做好情绪管理。因为我们已经是成年人了。

我们应该做自己情绪的调解员。

"愤怒"这种情绪中，包含着"不安""恐惧""羞耻""寂寞""悲伤""胆怯"。所以生气的时候我们还要探究到底是哪种情绪导致了这股愤怒。据说生气的峰值只有六秒钟，怒火中烧时，不妨先忍耐六秒。

被人轻视时很容易生气,但反过来说,如果一个人充满自信,就不会在意,可以轻松面对各类状况。

话虽这样说,但人人都有喜怒哀乐,因为我们毕竟是人嘛(出自相田光男)。

愿我们都拥有控制自己愤怒情绪的力量和包容他人愤怒情绪的广阔心胸。

人对于自己和他人而言都有相同的神秘性。
我研究自己。

——索伦·克尔凯郭尔

# 53

中年危机

# 接受人生的每一次变化，
# 我不会意志消沉和气馁

你听说过"中年危机"吗？

这是精神科医生、心理学奠基人卡尔·荣格提出的概念。

它是指"人生前半段没有出现过的烦恼和问题渐次出现，自我认同逐渐崩塌，产生自我怀疑"的现象。我想不一定每个人都会遇到中年危机，肯定存在个体差别（虽然荣格说，人在三十二岁至三十八岁之间一定会发生剧烈的变化）。

在一直觉得有价值的事物上找寻不到价值了，对一直从事的工作、践行的生活方式开始失去兴趣……

我不久后也要经历这些吗?

　　这种现象也可以称为"生命的转换期"。在人均寿命已经延长的现代社会,如果将这一现象延缓至四十岁左右,那么克尔凯郭尔所说的"神秘性"大概将要在我体内变得越发强烈吧?

　　荣格用"人生的正午"来比喻中年时期,这时人的体力会下降,记忆力会衰退,肌肤也难免会干燥和老化。

　　人会迎来这样的"转机",是因为年龄增长,就像身体变化和成长会带来青春叛逆期一样。

　　"人"会随着年龄而变化。

　　一直到死去那天,人都会因为遇到的人和经历的事而不停地发生变化。所以说,人真是一种有趣的生物,因充满了神秘性而妙不可言。

　　如果接下来我也会遇到中年危机,我不会意志消沉和气馁!到时候我要研究我自己。

之所以有期待，是想让它成真，既然如此，请坚信它会成真，请桀骜不驯地坚信你一定会得到你想要的。如此一来，期望就会真的变成现实。

——赫尔曼·黑塞

# 54
## 梦想成真的秘诀

## 假设你想用十四秒跑完一百米

从很小的时候起,我的人生座右铭就是"只要有梦想,就会成真"。

实际上,我的梦想也都成真了。

我一直坚持的观点是,梦想成真的秘诀在于实践力,以及对自我的肯定。清楚地知道自己想成为怎样的人、明确自己想做什么并确定目标后,自然就会有努力的意识、相应的策略。我相信,靠自己能够开辟一条通往梦想的道路。

有人可能会觉得这个观点不切实际,不明白我具体想说什么,所以举一个具体的例子。

假设你想用十四秒跑完一百米。

应该从哪里开始呢？首先，要测一下自己现在跑一百米所用的时间。

接下来做什么呢？为了跑得更快，应该给自己录像，了解自己跑步时的特点，确认自己跑步的姿势。

比如发现自己跑步有重心前移的习惯，就能知道是腹部力量和背部力量不足导致的。知道原因后，就要进行肌肉训练，强化核心肌群，增强肌肉力量。

在扫除了这个障碍后，就会发现下一个需要解决的问题。

需要提高腿部爆发力？那就加强腿部力量！

起跑不行？那就练习起跑。

强化身体素质的同时，聚焦于技术层面的精进，提高技巧性。

接下来就该练习心理素质，以期正式上场的时候能克服紧张和压力。想象训练也很重要。总之就是要清楚地知道当下的身体状况和自己现阶段的成绩，要经常和自己对话。

通过这样一系列的具体行动，就能进化到有能力实现目标的身心状态。

为了实现梦想和目标，就要展开具体行动。在这个过程中能感受到自己的"实践力",为了接近目标的一系列"努力"会让人越来越"肯定自我"。

写得有点儿多了,现在是不是解释得清楚了一些?

这是个堪称魔法的战术,不仅适用于运动项目,在学习类、艺术创作等活动中都通用,甚至在恋爱中,都可以试试这个方法。只要有心,谁都能做到。

"实践力"是实现梦想的能力,"肯定自我"是喜欢自己、相信自己,并且相信自己未来一定会成功的能力。

只要拥有这两种能力,人的可能性就会变得无限大。

没有实现不了的梦想。

"请坚信它会成真,请桀骜不驯地坚信你一定会得到你想要的",正如黑塞所说,重要的是相信。

不要放弃,不要悲观,不要害怕,不要害羞,尽情绘制自己的梦想蓝图吧!还要相信,它一定能实现。

一定可以的。

我也会给你加油的。

无论身份高低,只要会消遣就是幸福。……那是从思索自己的事中岔开的幸福。

——帕斯卡

# 55
## 我的幸福论

## 找些美好的小事来打发空闲时光

我觉得自己是一个会消遣时光的人。

做许多美食，邀请朋友一起聊聊天，悠悠闲闲地度过一整天，比如，开主题轻松的派对。

放一个充气泳池到后院里，就能听到孩子们的喧闹声直达云端。

光是看到像太阳一样的夏日向日葵，就能得到能量和力气。

沐浴时，偶尔会泡个泡泡浴或者在蜡烛的微光下放松下来，静静地回顾自己的一天。

和第一次见到自行车两眼发光的女儿比赛骑自行车，女儿一边向前骑一边回头看我。

女儿节时的小方块米糕和人偶。

男孩节时的鲤鱼旗和菖蒲热水澡。

接孩子从兴趣班下课,回家路上看到被染成橙粉色的天空。

紧紧拉着兄妹两人的小手掌。

爆米花跳起来的声音。

运动会上激烈的赛况和加油声,开心的眼泪和不甘心的哭泣。

卸完妆之后,在脸上敷一块温热的湿毛巾。

母亲节收到儿子发来的信息:"15年,5509天,132216个小时,妈妈,感谢您一直在我身边!"

早晨煎鸡蛋饼和味噌汤的香味。

床上铺着洗晒干净的床单,全家一起跳到床上的一瞬间。

不管有多累多不顺利情绪有多低落,痛苦和哭泣的时候,只要看到孩子们熟睡的模样,糟糕的一切就都会消散得一干二净。

不过于烦恼,不过度思考,找些美好的小事来打发每一天的空闲时光,感受日常生活中的小小幸福。我想一直这样生活下去。

成为一个人,并尊重他人为人。

——黑格尔

# 56
## 别再物化人

## 珍视每一个人,别再继续用数字代替人

学校用考试分数评价学生,公司为了让人们重视结果而用绩效来评价员工。人无时无刻不在被比较、被区分、被数字化。

这让我想到 THE YELLOW MONKEY(黄色猴子)乐队的歌词:

> 伟大的科学家
> 凶恶的罪犯
> 他们都曾是孩子
> 国外飞机坠落
> 新闻播报员愉快地说

没有日本乘客

没有

没有

我该做何感想

我该说些什么

——THE YELLOW MONKEY（JAM）

有些人仅仅因为所属的人种和性别与他人不同，就被评判、被歧视、被区别对待。明明我们都是人。不管是谁、是怎样的人，每个人都有独特的人格。

2001年9月11日，在美国多地同时发生恐怖袭击。看到新闻后，我泪流不止。

我只是深感震惊，感到恐惧和悲伤。这不是电影，不是游戏，而是发生在现实中的恐怖事件。太让人难以置信了。

那天我和朋友正在北海道旅行。在熟睡正酣的她旁边，我把音量调到最低，观看电视新闻直播报道。那天北海道罕见地遭到了台风袭击，我们所在的喜乐乐滑雪场也大雨瓢泼，一度看不到周围的景色。

一想到有那么多人正身处恐惧之中，那么多家庭正在不安和担心，他们流了多少眼泪啊，我就难过到睡不着。

如果每个人都可以珍视和尊重其他个体的人格，就一定不会发生这样的悲剧。

人类面临着各种各样的问题：历史、宗教、政治……我并非不清楚问题的复杂性，也没有想要靠一己之力改变世界。

我只是在想，如果我们别再继续用数字代替人，别再物化人（把人不当人），而是尊重每个个体的人格，认识到别人和自己一样都是人，设身处地去思考发生在别人身上的事，悲伤的事件和新闻就会减少。

只有珍视每个个体的特性和个性，为他人设想，对他人有怜爱和好奇之心，才能学会尊重和善待他人，才能做到感同身受，理解他人的痛苦，体会他人的快乐。

如果这么棒的事在我们的世界成为一种常态，恐怖袭击和战争大概就不会再发生。

良知，是人间分配得最均匀的东西。

——笛卡尔

# 57
## 做自己力所能及的事

## 变化无处不在

> 那种正确判断、辨别真假的能力，也就是我们称为良知或理性的那种东西，本来就是人人均等的。
>
> ——节选自《谈谈方法》（笛卡尔，岩波文库）

帕斯卡说过，理性与科学、客观的认识紧密相连，良知是应对更加日常具体事物的一种能力。不管怎么说，能学习到笛卡尔的这句话，我很高兴。它"拯救"了我。

良知就是健全的判断力，是一种能很好地判断事物、去伪存真的能力。如果良知真的是每个人先天具有的、人人均等的，那这个世界就是有希望的。

现在是全球新冠疫情肆虐的混乱期。日本也在不断调整紧急事态宣言和预防疫情蔓延的重点措施。新闻报道里，国民的不满与政府的对策针锋相对。姗姗来迟的疫苗却难以预约，导致疫苗接种推进工作步履维艰。在此期间，日本还举办了没有观众的奥运会。自 2020 年 1 月开始的新冠疫情，怎样应对才是正确的？怎样做才是最好的？现在是 2021 年 7 月（写作本篇时），事态仍未平息，离结束遥遥无期。

过去一年半，我们每天都在反复自我防范和隔离中度过。

在流行病席卷全球的当下，应该做些什么？我们可以做些什么？这个问题，恐怕每个人都问过自己。

对此我的回答是：做自己力所能及的事。

一如既往地在舞台上真心诚意地表现，兢兢业业地工作。

一如既往地照顾好家人，保护好孩子。

在工作场所戴好面罩（工作人员戴口罩，演员戴面罩），每天不忘测温和消毒，用餐时注意间隔，不要面对面交流，每次开始新的工作任务前都做核酸检测，提交阴性证明。

孩子们所在的幼儿园、小学和留学的学校也都有各种各样的措施,比如错峰入学、佩戴口罩、提交每日健康调查表。

小学因新冠疫情停课时,会使用 Zoom 会议软件在线开晨会和远程教学,暂停召开家长会,增加委员会线上会议,老师放学后也会对学生们的枕头和椅子进行彻底消毒。

在大儿子回国时,他留学的那所美国高中出现多名感染者,于是全校进行了清洁和消毒,将留学生最大程度地纳入保险中,日常通过新冠病毒跟踪项目(The COVID Tracking Project)追踪确认当地的感染人数和感染情况。

虽说是"一如既往",但变化无处不在。

为了守护家人,为了让工作和生活像从前那样运转,现在正是有必要花费更多时间、倾注注意力和努力的时候。

衷心希望我们先天具有的良知,可以帮助我们给这场流行病画上一个句号,让更多的人重新笑逐颜开。

如果我们太年轻，判断就会失准，太老也一样。

——帕斯卡

# 58
## 年龄和判断力

第五章 游走在偶然和必然间隙的人生

# 人的魅力在于"为了生存经历过多少事"

"吾十有五而志于学，三十而立，四十而不惑，五十而知天命，六十而耳顺，七十而从心所欲，不逾矩。"孔子这段话和帕斯卡的观点有些许不同。

但是我既喜欢《论语》中的名言，也能理解帕斯卡所述的年龄和判断力之间的关系。

虽然我已处于"四十而不惑"的年龄，但现实情况是仍有许多东西我不明白。当然了，年龄和人的成熟度并不成正比，还存在个体差异，因此不可能人人都一样。所以老实说，我不介意别人的年龄，也不怎么在意自己的。

由于日语中有敬语，所以前辈后辈、长幼有序的观念就根植在大脑中，又因为敬语和交往中的礼仪紧密相联，所以刚刚认识的人彼此都会想知道对方的年龄，甚至会主动问询。

但是事实上成年以后，大家几乎都不怎么在意年龄了。

毕竟，人的魅力和价值不在于"在这世上活了多少岁"，而在于"为了生存经历过多少事""选择了怎样的生活方式"。

尽管如此，人在年轻时可能因为缺乏知识和经验，"判断会失准"，也就是说做出错误判断的可能性很高。不过这种话也不用在意，因为我就在年轻的时候积累了很多判断失误和失败的经验。

"太老也一样"，这对我是一个未知的领域，我只能想象一下，或许身体病痛会对心智造成影响吧！

文章开头列举了孔子的名言，如果有八十岁如何，孔子会怎么说呢？

"偶然"会出乎意料地左右我们的人生。

——黑柳彻子

# 59

偶然与人生

"凉子，这就是人生啊！"

迄今为止的人生中，我只有一次寄宿国外家庭的经历，那是二十岁的冬天，我曾在法国巴黎住过一个月。

窗外下着粉雪，生长于南方高知县，我从没有见过这般景象，马路和车辆一片银装素裹。

对我照顾有加、名字中带着"de"的太太，是《VOGUE》杂志的前主编。时尚干练又美丽乐观的她总是给我一些积极正面的建议。她会在失眠的夜里给我沏上一杯甘菊茶，也会在我出门不知道该背什么包时站在镜子前和我一起挑选。

我把有细皮革背带的小挎包和单肩背包在胸前交换着试背，问她："背哪个好呢？"太太会露出美得过分的笑容回答我："既然选不出,那不如两个都背上!"

她的先生是一个很有绅士风度、沉默寡言的人。不过每当我有法国历史和单词词源方面的问题向他请教时,他都会很耐心地逐一给我解释。

当时我在拍一部电影,为了看懂剧本,需要学习法语。我特意调整了日本堆积如山的工作和日程,就为了确保有时间在法国家庭寄宿一段时间。

最终,我人生中第一次拥有了一个月的自由时间,那段日子每天二十四小时都完全属于我自己。在那三十天里,我成天都在学习法语发音。

每天家庭教师都会严格扎实地给我上满四到七小时的语音学课,为了发好难发的 r 小舌颤音,我把喉咙都练哑了。每天我会用耳机听剧本,洗澡和上厕所的时候也在背法语台词。结果还不到一个月,我连说梦话都是法语(虽然我并不知道自己说了些什么,但总归梦里都是法国人)。

屋外在下雪,但我每天都在自己的房间里上很长时间的课,所以一个月内外出的次数屈指可数。尽管如此,那也是一段充实而难忘的时光。

寄宿时光转瞬即逝,接下来我要搬去酒店,电影要开拍了。分别的日子到了，先生充满暖意地注视着我，太太和我亲密地拥抱，告别的眼泪不出所料地夺眶而出，就像纪录片《世界滞在记》里的场景一样。

告别寄宿时光后，我在巴黎酒店的小房间里开始了一个人的生活。浴池圆圆的，透过窗户可以看到圣诞节灯光下亮闪闪的埃菲尔铁塔，不远处就是花店和巧克力店，真是让人惬意又满意的地方。

不过，为什么在那里住着的头几天里，我却好几次想起太太，对她难以忘怀？当时我再多谢谢她就好了，要是把我在日本的地址也告诉她就好了……在巴黎要是能创造机会见上一面就好了。

抱着那种后悔的心情，几天后我为了配合电影里角色的形象去美发店染发了，而且是连续三天。第一天染了覆盆子色，但导演吕克·贝松说发色太红，和角色形象不符，于是这个发色没有通过。

第二天我染了橘色。这次又被导演否决了，理由是黄色过于强烈，在自然光的照射下颜色会失真。

第三次，说实话是第三天，可能因为连续几天都在闻头发强烈的味道，也可能是被染发剂刺激到了，我在洗手间吐了好几次。这不起眼的苦劳多少有点儿用，第三天染的发色大为成功。这次终于得到了吕克的认可。我头顶合他心意的一头亮发,却提不起兴致来,无精打采地走出美发店。

就在这时,我竟然看到了寄宿家庭的太太!

那位正要走进美发店的漂亮女士,正是我一连几日时常想念的太太!

我又惊又喜,想都没想就扑上去抱住了太太,连续三天都在染发、非常疲倦的我,在不知不觉中哭了。

太太温柔地拥抱着我,她身上闻得到家里的气息(Downy 牌洗衣剂的味道)和柔和的香水味,我的心平静了下来。

太太轻轻地抽身,微笑地看着我的眼睛,然后说了一句我永远都忘不了的话:"Ryoko,C'est la vie!(凉子,这就是人生啊!)"

# 后记

首先感谢您翻开这本书。

对我来说，这本首次面世的书就像自己的孩子一样，让我忘记了写作过程中的艰辛，我比想象中更珍爱它。光是想象一下它被人捧在手中变得温热的模样和您一页一页翻书的场景，不知怎的，我就觉得十分感动，非常感慨。

由衷感谢您捧起它，怜爱它，读完它。

接下来我还要感谢我宝贵的"哲学语言团队"：让这本书得以发售、给予我写作建议、对每篇文章认真抒发感想、经常给我鼓励和安慰、从头到尾都在支持"作者广末凉子"的田村；帮助我推敲遣词造句，甚至连我的行文习惯和希望使用的汉字都考虑周到、忍着胳膊痛直到成书的大野；在选择哲学家的话时，不局限于我家书架上的书，而是从各种不同的角度提出多条语录的鸢。感谢你们。

实际上，在聊到要出版一本书时，内容方面没有太多限制，某种意义上可以说是自由策划。所以说这本书是"时尚生活方式之书"可以，是"广末菜单大公开！一本美食书"也可以，抑或是"意想不到的揭秘书"也可以。

说实话，最后一种题材可能会卖得最好。但是考虑到我最容易写的形式、最能倾注感情的内容，还是决定围绕着我最喜欢的"哲学家名言"这种形式展开。至于选什么，完全由我自己决定，于是我选了迄今为止让我深有同感、带给我活力的句子。另外，如果局限于"哲学家"这个范畴，内容极易受到时代背景和男女价值观的影响，所以我将自己喜欢的女性语录也一起收了进来。

作为新手作者，我还无法想象您会怎样读这本书、如何看待它，所以难免有些不安……但是您都读到这里了，我还有什么好担心的呢！让我再好好感谢您一番。

　　最后，我要感谢我的丈夫。当我在演员这条道路上向前奔跑时，他默默支持着我；当我身为母亲全力奋战时，他一直照顾着我；当我顶着妻子的头衔却做得不那么合格的时候，他仍爱着我。当然，我还要谢谢我的孩子们，他们是我所有活力的来源，我无数次被他们治愈。对于他们，我要献上我最深厚的爱与感谢。

広末涼子

# 附录1　书中提到的名人及其简介

（按出现的顺序）

- **弗里德里希·尼采**（1844—1900）出生于普鲁士一个牧师家庭，是家中长子。在波恩大学和莱比锡大学研究完语文学后，前往巴塞尔大学担任教授。对基督教持彻底怀疑和批判的态度，宣告"上帝已死"，提出永劫回归的哲学理念。

- **勒内·笛卡尔**（1596—1650）出生于法国图赖讷。在拉弗莱什的耶稣会大学学习哲学和数学，在普瓦捷大学学习法学与医学。1628年移居荷兰。他的《谈谈方法》等著作奠定了近代哲学的基础。

- **阿兰**（1868—1951）出生于法国诺曼底地区的莫塔涅奥佩尔歇，本名埃米尔-奥古斯特·沙尔捷。自高等师范学院毕业后，一边担任哲学教师，一边以"阿兰"为笔名，大量广泛地发表各种著作和报纸杂志专栏文章。

- **泰勒斯**（约公元前624年—约公元前546年）古希腊思想家、科学家、哲学家，被称为"希腊七贤之一"。爱奥尼亚（米利都）学派创始人，也被称为"哲学之父"。提出水本原说，发现了不少数学上的定理。

○ **卡尔·雅斯贝尔斯**（1883—1969）出生于德国北部的奥尔登堡，是德国存在主义哲学奠基人之一。曾在海德堡大学担任哲学教授，因拒绝纳粹提出的与犹太妻子离婚的要求，失去了工作。

○ **亚里士多德**（公元前384年—公元前322年）柏拉图的学生，与其老师并列为古希腊伟大的哲学家。他是亚历山大大帝年少时的老师（家庭教师），在雅典郊外创办吕克昂学园，在此潜心于研究。

○ **维克多·弗兰克**（1905—1997）出生于维也纳。在维也纳大学就读期间，师从阿德勒和弗洛伊德等人。第二次世界大战后，他将自己被纳粹关进集中营的经历写成《活出生命的意义》，此书至今仍是世界级的长销书。

○ **罗莎·卢森堡**（1871—1919）出生于波兰王国。由于加入社会主义运动，十八岁便流亡到瑞士。获得大学学位后移居德国柏林，专心从事政治运动和著述。1919年在柏林的动乱中被反革命军残害。

○ **瓦尔特·本雅明**（1892—1940）出生于柏林。在柏林大学、法兰克福大学学习哲学。教授职位论文被否决后，以自由作家和翻译家的身份维生。纳粹上台后，流亡到巴黎，继续进行研究。1940年巴黎被攻陷后逃往西班牙，后于西班牙边境小镇被迫自杀。

○ **朱丽叶·比诺什**（1964—）出生于法国巴黎。参演让-吕克·戈达尔执导的《向玛丽致敬》备受关注，后又出演菲利普·考夫曼执导的《布拉格之恋》进军美国。曾获法国凯撒电影奖最佳女主角、威尼斯国际电影节最佳女主角、戛纳国际电影节最佳女演员等奖项。

○ **桃井薰**（1951—）出生于东京。曾进入日本著名剧团"文学座"附属研究所学习。1971年主演市川昆导演的《二度恋爱》出道。也参演过罗伯·马歇尔执导的《艺伎回忆录》、亚历山大·索科洛夫执导的《太阳》等海外电影。不仅是一位演员，她也作为导演执导了《无花果的脸》（2007年）和《火》（2016年）等作品。

○ **歌德**（1749—1832）出生于法兰克福。在莱比锡大学学习法学。发表《少年维特之烦恼》，一举成名，轰动文坛。此后发表了大量诗集和戏剧作品。曾担任魏玛公国大臣、国务参议员、宫廷乐长等职务。

○ **塞涅卡**（约公元前4年—公元65年）古罗马斯多葛派哲学家，另一个知名的身份是罗马皇帝尼禄的老师。作为执政官权倾一时，后被尼禄怀疑参与谋刺事件，被迫自杀。著作有《道德书简》，另有改编自希腊悲剧的悲剧作品。对莎士比亚、拉辛等后世作家影响深远。

○ **特蕾莎修女**（1910—1997）出生于马其顿的斯科普里。十八岁进入爱尔兰罗雷托修会，学习结束后被派去印度担任老师。其后创立"仁爱传教修女会"，为穷人提供服务。1979年获诺贝尔和平奖。

○ **路德维希·维特根斯坦**（1889—1951）出生于维也纳犹太富豪家庭。在弗雷格、罗素等人的影响下学习逻辑学，完成《逻辑哲学论》。他认为所谓的哲学问题已被解决，于是前往山区担任小学教师一职，投入学校改革运动。其后意识到又有新的哲学课题，于是重返剑桥大学。晚年思考成果被结集在《哲学研究》一书中。

○ **玛丽亚·赞布拉诺**（1904—1991）出生于西班牙马拉加。在马德里大学跟随何塞·奥特嘉·伊·加塞特，学习哲学。为躲避佛朗哥独裁政权的迫害流亡国外，辗转于墨西哥、古巴、意大利、法国等地，一边不断进行思考。佛朗哥倒台后，1984年重归故里，1984年成为首位获塞万提斯奖的女性。

○ **树木希林**（1943—2018）出生于东京。在《时间啊》《寺内贯太郎一家》等作品中的演技为人称道。代表作有《半告白》《东京塔》《步履不停》《恶人》《我的母亲手记》等。

○ **伊曼努尔·康德**（1724—1804）出生于东普鲁士柯尼斯堡。在当地大学学习神学和哲学。1770年被正式聘为柯尼斯堡大学教授，后担任五期大学校长。教授形而上学、逻辑学、伦理、地理学、人类学等课程。

○ **弗里达·卡罗**（1907—1954）出生于墨西哥城郊外。1929年和墨西哥画家迭戈·里维拉结婚，其后离婚。自学绘画，在安德烈·布勒东和马塞尔·杜尚的支持下前往美国和欧洲举办画展，受到盛赞。

○ **艾里希·弗洛姆**（1900—1980）出生于法兰克福。在海德堡大学获得心理学学位后，担任法兰克福社会调查研究所讲师。为躲避纳粹迫害，移居美国。剖析法西斯主义产生的心理根源，创作《逃避自由》，广为人知。

- **西蒙娜·德·波伏瓦**（1908—1986）出生于法国巴黎一个律师家庭。不顾家人反对入读索邦大学哲学系，后在此认识其伴侣萨特。1949年发表《第二性》，举世瞩目，确立了她女性运动先驱者的地位。

- **弗朗索瓦丝·萨冈**（1935—2004）本名弗朗索瓦丝·奎雷兹。出生于法国洛特省的卡雅克。十九岁出版小说《你好，忧愁》，夺得当年法国的"批评家奖"，一跃成为法国文坛的新星。其后陆续发表了多部小说和戏剧作品。1978年曾来过日本。

- **可可·香奈儿**（1883—1971）出生于法国曼恩-卢瓦尔省。本名加布里埃·香奈儿。1910年在巴黎康朋街开设女帽店，相继推出许多自主设计的简洁舒适的款式，引领了法国时代潮流。装饰性丰富的服装和饰品、高级定制时装、以她的名字命名的"香奈儿5号"香水都广为人知。

- **奥黛丽·赫本**（1929—1993）出生于比利时布鲁塞尔。第二次世界大战后，开始做模特维生，去到伦敦。其后被导演威廉·惠勒看中，主演《罗马假日》，凭借该片获奥斯卡金像奖最佳女主角奖，成为闻名世界的知名女演员。电影代表作有《蒂凡尼的早餐》《窈窕淑女》《偷龙转凤》等。

- **冈本敏子**（1926—2005）出生于千叶县，旧姓"平野"。在东京女子大学读书时认识冈本太郎，后进入出版社工作，担任冈本太郎的秘书。其后协助冈本太郎的创作和取材，五十年间一直一起从事各项活动。晚年成为冈本太郎的养女，在冈本太郎去世后担任冈本太郎纪念馆馆长。

○ **艾瑞丝·爱普菲尔**（1921—2024）出生于美国纽约。和其夫共同成立专营家具修复生意的纺织公司。为白宫做过室内装饰设计。2005年，纽约大都会博物馆展出有关其时尚风格的"时尚珍宝：艾瑞丝·爱普菲尔"展览，其独特的时尚触觉引人注目。

○ **让－保罗·萨特**（1905—1980）出生于法国巴黎。在巴黎高等师范学院学习，获得哲学教授资格后，仍独自进行现象学研究。1943年发表著作《存在与虚无》。第二次世界大战后，引领了存在主义的潮流，精力旺盛地进行小说、文学评论、政治论文的创作。1964年获得诺贝尔文学奖，但他拒绝领取。

○ **罗歇·凯卢瓦**（1913—1978）出生于法国兰斯。从巴黎高等师范学院毕业后，和巴塔耶、克罗索夫斯基共同成立法国社会学学院，从事尖锐的批评活动。主要著作有《人与神圣》《游戏与人》等。从涉猎颇广的文学、社会学、民俗学、昆虫学、物理学、矿物学中提出了新型跨学科研究方法。

○ **让－雅克·卢梭**（1712—1778）出生于日内瓦共和国。游历过法国和意大利等地后，在法国与狄德罗等百科全书派哲学家广泛交流。针对文明进步所持批判性见解写出的应征论文《论科学与艺术》获得奖学金，声名鹊起。其后创作《论人类不平等的起源和基础》《社会契约论》，论述基于私有财产和人民主权的共和制，创作《爱弥儿》论述了教育。

○ **埃里克·霍弗**（1902—1983）出生于美国纽约一个德国移民家庭。七岁时其母去世，其后他本人突然失明，八年后视力才突然恢复正常，因害怕再次失明而拼命阅读。其父离世后他去了加利福尼亚，一边打零工一边持续思考。读过蒙田的散文集后难以忘怀，在码头做搬运工期间，开始关注和深刻洞察与社会格格不入的群众，出版《狂热分子》一书后，声名大噪，被称为"码头工人哲学家"。

○ **阿图尔·叔本华**（1788—1860）出生于格但斯克一个富商家庭。在哥廷根大学学习历史、自然科学、哲学等。对柏拉图、康德的西方形而上学的传统和印度吠檀多哲学的东方思想都十分感兴趣。他的主要著作《作为意志和表象的世界》对后来的瓦格纳、尼采和托马斯·曼等人影响深远。

○ **汉娜·阿伦特**（1906—1975）出生于德国汉诺威近郊林登区的一个犹太家庭。在马堡大学师从海德格尔，在海德堡大学师从雅斯贝尔斯，在弗赖堡大学师从胡塞尔。纳粹执掌政权后，她先后流亡至法国和美国。主要著作有《极权主义的起源》《人的境况》等。在关于艾希曼审判的报道《艾希曼在耶路撒冷》中提出"平庸的恶"概念，引发争论，她因此被推向风口浪尖。

○ **西蒙娜·薇依**（1909—1943）出生于法国巴黎一个犹太家庭。在亨利四世中学师从阿兰。从巴黎高等师范学院毕业后，辗转于多所公立中学担任哲学教师。1934年以女工的身份在工厂劳动，1936年以义勇军身份参加了西班牙内战。纳粹占领巴黎后，她前往美国投奔身为数学家的兄长安德烈。其后她又只身前往伦敦，加入针对德国的抵抗运动。最后在伦敦郊外的疗养院病逝，年仅三十四岁。

○ **马丁·海德格尔**（1889 –1976）出生于德国梅斯基尔希。在弗赖堡大学师从海因里希·李凯尔特。受到胡塞尔的影响潜心研究现象学。曾任马堡大学副教授和弗赖堡大学教授,并一度担任弗赖堡大学校长。第一次世界大战后,因支持纳粹政权而被禁止授课。主要著作有《存在与时间》等。

○ **约翰·穆勒**(1806—1873)出生于英国伦敦。自幼接受来自其父的精英教育,深受边沁功利主义的影响。他是英国十九世纪有代表性的哲学家,也被称为"古典经济学的完成者"。主要著作有《论自由》《功利主义》等。

○ **三木清**(1897—1945)出生于兵库县。师从京都帝国大学西田几多郎。曾留学德国,受到李凯尔特和海德格尔的影响。在法政大学担任教授后,开始探究基于马克思主义和唯物论的人类学。其后他的朋友因违反《治安维持法》被指控,三木清因为帮助友人而入狱,同时失去了教职。日本战败前,他再次被检举、被捕,后因恶劣的卫生条件,死于狱中。

○ **索伦·克尔凯郭尔**(1813—1855)出生于丹麦哥本哈根一个富裕家庭。在哥本哈根大学学习神学。其父去世后,他开始全身心研究哲学和神学。与雷吉娜订婚后又解除婚约,这对他产生了很大的影响。以批判黑格尔和谢林的观念论起步,基于"单一者""主体性"等概念,创造了存在主义哲学。

○ **赫尔曼·黑塞**(1877—1962)出生于德国南部卡尔夫一个牧师家庭。受到其父影响入读修道院,但是很快便逃离学校,并称"除了成为诗人,什么都不做"。从事过多种职业后,他到书店当了一名店员。

发表《彼得·卡门青》一举成名，奠定了新晋作家的地位。因为作品提倡和平主义，他受到纳粹政权的打压。1946年获诺贝尔文学奖。

○ **布莱士·帕斯卡**（1623—1662）出生于法国克莱蒙费朗。被信奉詹森主义的波尔·罗亚勒修道院强烈吸引，成为坚定而热诚的教徒。他笔耕不辍撰写为基督教辩护的文章，但还未完成便因病去世。遗稿收集于《思想录》中，对二十世纪的存在主义思想影响深远。另外，作为科学家和数学家，他最广为人知的是"帕斯卡定律"和"帕斯卡定理"。

○ **黑格尔**（1770—1831）出生于斯图加特。曾在图宾根大学的神学院学习。先后在耶拿大学和海德堡大学任教，此后担任过柏林大学的教授。和费希特、谢林同为德国观念论具有代表性的哲学家。主要著作有《精神现象学》《历史哲学讲演录》《法哲学原理》等。

○ **黑柳彻子**（1933—）出生于东京乃木坂。先后就读于巴学园、香兰女子学校，从东京音乐大学声乐科毕业后，进入NHK广播剧团，成为NHK电视台第一位女演员。主持的日本第一个谈话类节目《彻子的房间》已经迎来第47个年头。担任联合国儿童基金会亲善大使、小豆豆基金会理事长，长年从事慈善事业。著有畅销书《窗边的小豆豆》，在日本创下800万本的销售纪录。

# 附录2 引用文献一览

## 第1章

01 《查拉图斯特拉如是说（下）》，尼采著，丘泽静也译，光文社古典新译文库，2011年

02 《谈谈方法》，笛卡尔著，谷川多佳子译，岩波文库，1997年（译文在参照了教育评论社2018年出版的、小川仁志《学习世界哲学家的100句话，进入哲学世界》的基础上进行了更改）

03 《幸福论》，阿兰著，石川涌译，角川索菲亚文库，2003年（对译文进行了部分更改）

04 《希腊·罗马名言集》，柳沼重刚编，岩波文库，2003年（对译文进行了部分更改）

05 《哲学入门》，雅斯贝尔斯著，草薙正夫译，新潮文库，1954年

06 《尼各马可伦理学（下）》，亚里士多德著，渡边邦夫、立花幸司译，光文社古典新译文库，2016年

07 《还是要对人生说"是"》，V.E.富兰克林著，山田邦男、松田美佳译，春秋社，1993年

08 《狱中书简（新版）》，罗莎·卢森堡著，大岛薰编译，美篤书房，2021年（译文引用了PHP研究所2014年出版的、宇波彰监修、女

性哲学研究会编著的《女性哲学 男人是什么？人生是什么？》）

09 《本雅明》，霍华德·凯吉尔著，久保哲司译，筑摩学艺文库，2009年

10 朱丽叶·比诺什，"工作和家庭赋予人生意义"，《Numéro TOKYO》，2019年10月11日，（https://numero.jp/interview172/ 最后一次检索时间：2022年1月19日）

11 摘自《桃井薰扑克牌》


## 第2章

12 《歌德格言集》，歌德著，高桥健二编译，新潮文库，1991年

13 《幸福而短促的人生 别二篇》，塞涅卡著，大西英文译，岩波文库，2010年（对译文进行了部分提炼）

14 《特蕾莎修女爱的箴言》，特蕾莎修女著，井本蓉子绘，圣保罗女子会，1998年

15 《幸福论》，阿兰著，石川涌译，角川索菲亚文库，2011年

16 《逻辑哲学论》，维特根斯坦著，丘泽静也译，光文社古典新译文库，2014年

17 《歌德格言集》，歌德著，高桥健二编译，新潮文库，1991年

18 《情志论》，笛卡尔著，谷川多佳子译，岩波文库，2008年（对译文进行了部分提炼）

19 《玛丽亚·赞布拉诺的诗学》，角仓麻里子著，日本国际诗人协会，2018年（对译文进行了部分更改）

20 《一切随缘》，树木希林著，文春新书，2018年（初出于《AERA》2016年5月30日期收录的文章《"你成为想成为的大人了吗？"阿

部宽对话树木希林》）

21 "真实的女演员，朱丽叶·比诺什的采访"，《the fashion post》（http://fashionpost.jp/portraits/172047 最后一次检索时间：2022 年 1 月 19 日）

## 第 3 章

22 《康德的语言 成为可以支配自己的人 伟大哲学家透彻人生的秘诀》，金森诚也编译，PHP 研究所，2015 年
23 《弗里达·卡罗的日记》，弗里达·卡罗著，星野由美、细野丰译，富山房国际即将出版发行
24 《爱的艺术》，艾里希·弗洛姆著，铃木晶译，纪伊国屋书店，1991 年
25 《爱的艺术》，艾里希·弗洛姆著，铃木晶译，纪伊国屋书店，1991 年
26 《康德的语言 成为可以支配自己的人 伟大哲学家透彻人生的秘诀》，金森诚也编译，PHP 研究所，2015 年
27 《波伏瓦著作集第 6 卷 第二性（1）》，波伏瓦著，生岛辽一译，人文书院，1966 年（对译文进行了部分更改）
28 《幸福论》，阿兰著，石川涌译，角川索菲亚文库，2011 年
29 《查拉图斯特拉如是说（下）》，尼采著，丘泽静也译，光文社古典新译文库，2011 年
30 《与爱相似的孤独》，弗朗索瓦丝·萨冈著，朝吹由纪子译，新潮文库，1979 年
31 《可可·香奈儿语录》，山口路子著，大和文库，2017 年
32 《奥黛丽·赫本语录》，山口路子著，大和文库，2016 年
33 《可可·香奈儿语录》，山口路子著，大和文库，2017 年

34 《爱的语言》，冈本太郎、冈本敏子著，东方报业，2006年

35 摘自《艾瑞丝·爱普菲尔！94岁的纽约客》（配给：KADOKAWA，2014年制作，美国）

## 第4章

36 《存在主义》，萨特著，伊吹武彦他译，人文书院，1996年（对译文进行了部分更改）

37 《游戏与人》，罗歇·凯卢瓦著，多田道太郎、冢崎干夫译，讲谈社学术文库，1990年

38 《爱弥儿》，卢梭著，今野一雄译，岩波文库，1962年

39 《爱弥儿》，卢梭著，今野一雄译，岩波文库，1962年

40 《埃里克·霍弗 爱自己的100句话"工作中的哲学家"的人生论》，小川仁志著，PHP研究所，2018年（对译文进行了部分更改）

41 《善恶的彼岸》，尼采著，中山元译，光文社古典新译文库，2009年

42 《孤独与人生》，阿图尔·叔本华著，金森诚也译，白水社ubooks，2010年

43 《歌德格言集》，歌德著，高桥健二编译，新潮文库，1991年

44 《幸福而短促的人生 别二篇》，塞涅卡著，大西英文译，岩波文库，2010年

45 《人的境况》，汉娜·阿伦特著，志水速雄译，筑摩学艺文库，1994年（对译文进行了部分更改）

46 《幸福论》，阿兰著，石川涌译，角川索菲亚文库，2011年

## 第 5 章

47 《重负与神恩》,西蒙娜·薇依著,田边保译,筑摩学艺文库,1995 年

48 《存在与时间(下)》,马丁·海德格尔著,细谷贞雄译,筑摩学艺文库,1994 年

49 《自由论》,约翰·穆勒著,齐藤悦则译,光文社古典新译文库,2012 年

50 《善恶的彼岸》,尼采著,中山元译,光文社古典新译文库,2009 年

51 《罗莎·卢森堡的信》,刘易斯·考茨基编,川口浩、松井圭子译,岩波文库,1963 年(译文引用了 PHP 研究所 2014 年出版的、宇波彰监修、女性哲学研究会编著的《女性哲学 男人是什么?人生是什么?》)

52 《人生论笔记》,三木清著,1978 年

53 《美丽的人生观》,索伦·克尔凯郭尔著,饭岛宗享译,未知谷,2000 年

54 《黑塞的人生寄语 精华版》,赫尔曼·黑塞著,白取春彦编译,discover 21,2016 年

55 《思想录》,帕斯卡著,前田阳一、由木康译,中公文库,1973 年(译文引用了白杨社 2017 年出版的、原田 MARIRU 著的《每日哲学》)

56 《法哲学原理》,黑格尔著,藤野涉、赤泽正敏译,中公古典,2001 年

57 《方法论》,笛卡尔著,谷川多佳子译,岩波文库,1997 年

58 《思想录》,帕斯卡著,前田阳一、由木康译,中公文库,1973 年(译文引用了白杨社 2017 年出版的、原田 MARIRU 著的《每日哲学》)

59 摘自杂志《FRaU》创刊 25 周年纪念特刊(2016 年 10 月)海报

# 附录 3　参考文献一览

- 《不能承受的生命之轻》，米兰·昆德拉著，千野荣一译，集英社文库，1998 年
- 《灌篮高手》，井上雄彦著，集英社，1991—1996 年
- 《幸福论》，伯特兰·罗素著，安藤贞雄译，岩波文库，1991 年
- 《西尔斯亲密育儿百科》，威廉·西尔斯、玛莎·西尔斯、罗伯特·西尔斯著，田草川 AYA 译，主妇之友社，2015 年
- 《论语》，孔子著，金谷治译注，岩波文库，1999 年
- 熊井丸鸿，《"人生回头处"在何时》，《NEWSCAFE》（https://www.newscafe.ne.jp/article/2014/10/09/1507923.html 最后一次检索时间：2022 年 1 月 19 日）
- 大泽真知子，《女性劳动》，《日本劳动研究杂志》2020 年 4 月刊（https://www.jil.go.jp/institute/zassi/backnumber/2020/04/pdf/018-021.pdf 最后一次检索时间：2022 年 1 月 19 日）
- EN-JAPAN 股份有限公司，《有孩子的女性就业率 52%，正式员工比例只有 0%》，《HUFFPOST》2015 年 8 月 13 日报道（http://www.huffingtonpost.jp/enjapan/story_b_7923820.html 最后一次检索时间：2022 年 1 月 19 日）

- 《"女性被爱更幸福"是真的吗?》,《日经 WOMAN》2013 年 9 月刊（https://style.nikkei.com/article/DGXNASFK0102N_R01C13A0000000/ 最后一次检索时间：2022 年 1 月 19 日）
- 《每日哲学》,原田 MARIRU 著,白杨社,2017 年
- 《世界哲学 50 本名著（新版）》,巴特勒·鲍登著,大间知子译,discover 21,2018 年
- 《初期希腊哲学家短篇集》,山本光雄编译,岩波书店,1958 年
- 《阿兰的幸福论 精华版》,阿兰著,齐藤慎子译,discover 21,2015 年
- 《省察》,勒内·笛卡尔著,山田弘明译,筑摩学艺文库,2006 年
- 《我们的战争责任》,卡尔·雅斯贝尔斯著,桥本文夫译,筑摩学艺文库,2015 年
- 《近代日本思想选（三木清）》,森一郎编,筑摩学艺文库,2021 年
- 《为什么要听我的》,幡野广志著,幻冬舍,2020 年
- 《月之夜》,井本蓉子著,岩崎书店,2004 年

被霸凌的日子一天天持续着，下课铃一响我就跑到走廊上待着，而五班的绘里每次都会和我聊天。我居然已经忘记了当时和她都聊了些什么，又是怎样成为好朋友的，但是有一点不容置疑，是她拯救了那时的我。

广末凉子

"忍耐是女性的美德",我赞同。不过,我也想对广大女性朋友说:"不要忍耐过了头!""注意不要让自己的忍耐力太强了!!""也要照顾好自己哦。"

——广末凉子

那时我意识到,原来大家有一种"艺人=拥有铂金包的人"的刻板印象。那天购物纸袋里装的是做晚饭的食材、给家人的生日礼物,还有准备送给片场工作同事的小点心等,我自己的东西一件都没有。另外很遗憾的是,我至今也没有铂金包。

——广末凉子

看了《这个杀手不太冷》后，娜塔莉·波特曼的演技震撼到了我。在那之后，我看了吕克·贝松导演的所有作品，也读了《这个杀手不太冷》的原著，然后边读边想象镜头走位和影像。这就是我电影人生的起点。

广末凉子

> 回想起来,接到外公摔倒的电话那天,我正在《入殓师》的拍摄现场。那天正在拍摄我的入殓师丈夫(本木雅弘饰演)给他的亡父整理遗容和身体的场景。面对当下的场景,我想的都是濒临死亡的外公,于是在正式拍摄中泪流不止。
> ——广末凉子

我家的天才不仅会唱《红辣椒》，连米津玄师的《Lemon》和 LiSA 的《炎》也基本能唱出来。而且只要和我同在厨房做饭，她不仅可以包形状很好看的饺子，做汉堡时也能忍着食材的冰冷努力捏肉饼，还会给虾均匀地裹上面糊。

广末凉子

我不想做那种家长：不准孩子做这做那，只想着规避风险，强迫孩子念书，还把学习作为换取玩耍的条件。我希望孩子们尽情扩展自己的可能性，把最强的自我肯定感装进前行的背包中。

——广末凉子

和孩子一起生活后,我才发现原来生活中存在着诸多潜在的危险。我开始注意食物配料、衣服质地,甚至对之前完全不关心的社会动向和新闻也变得很敏感。

——广末凉子

抵抗衰老不如优雅老去。我想像母亲和外祖母一样，任由皱纹爬上脸庞，任由岁月自然生长。

——广末凉子

一直到死去那天,人都会因为遇到的人和经历的事而不停地发生变化。所以说,人真是一种有趣的生物,因充满了神秘性而妙不可言。如果接下来我也会遇到中年危机,我不会意志消沉和气馁!

广末凉子

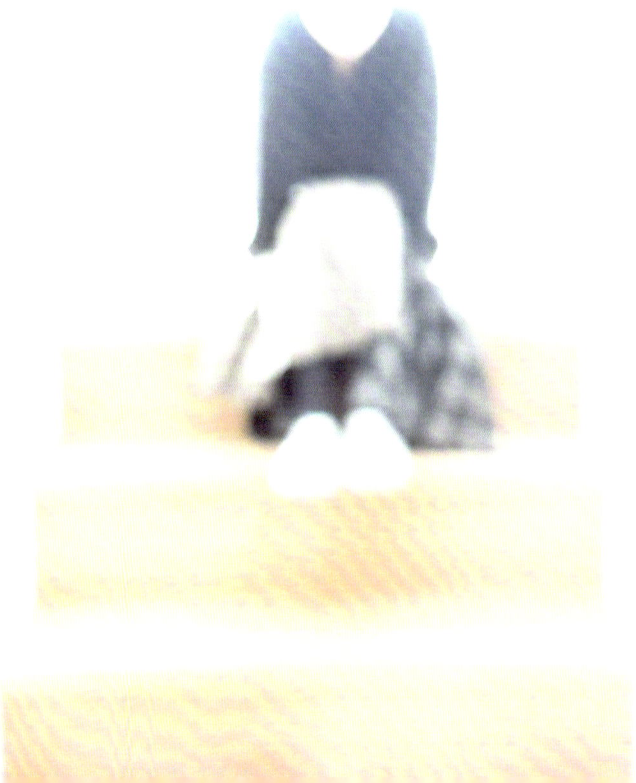

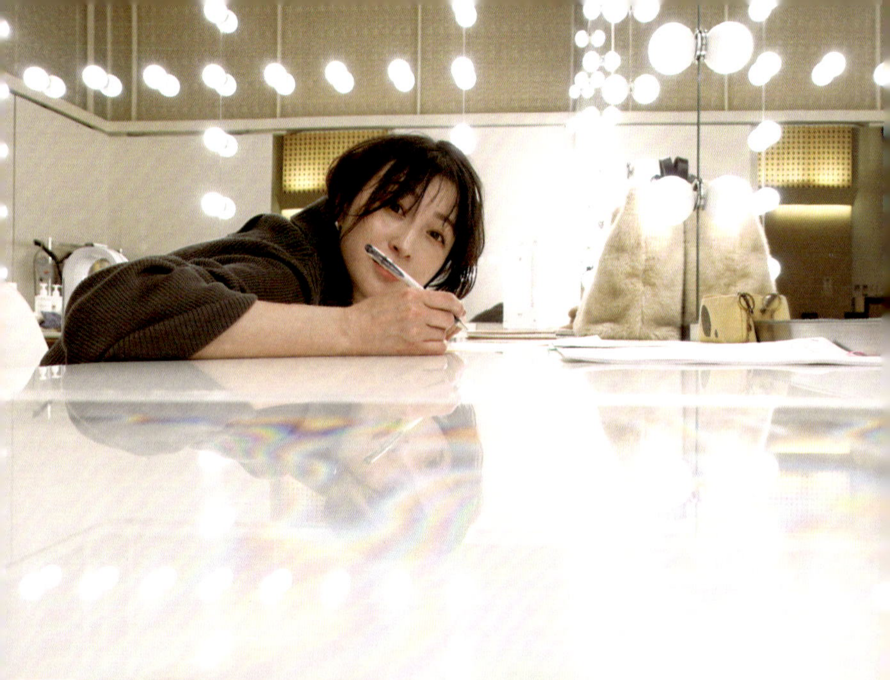

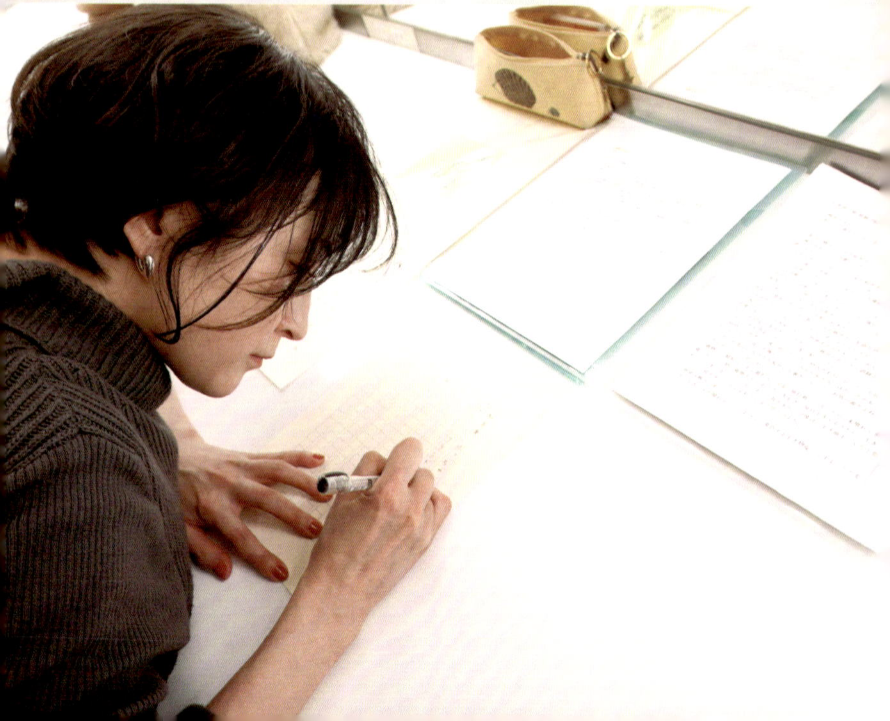

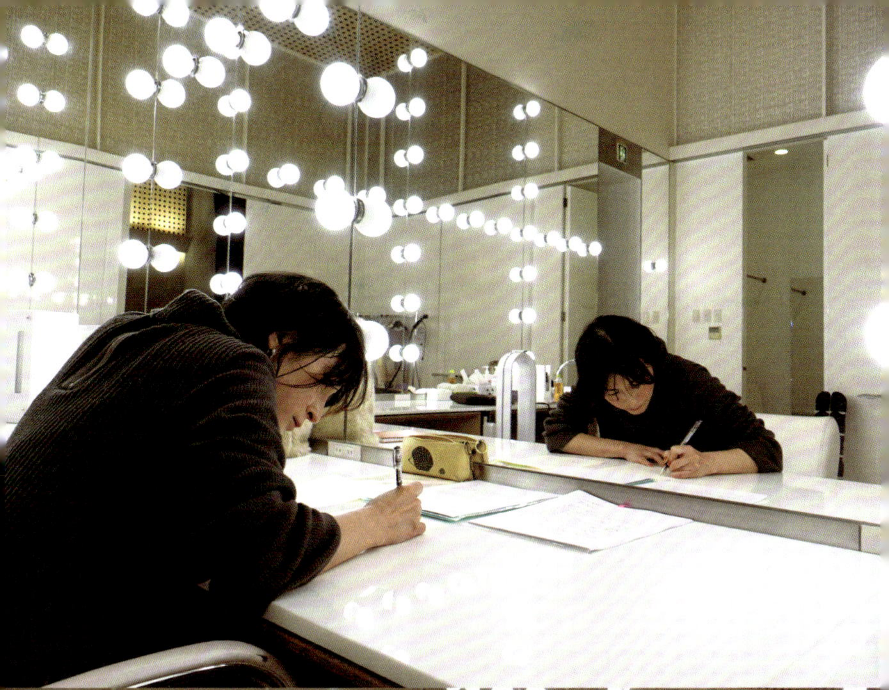

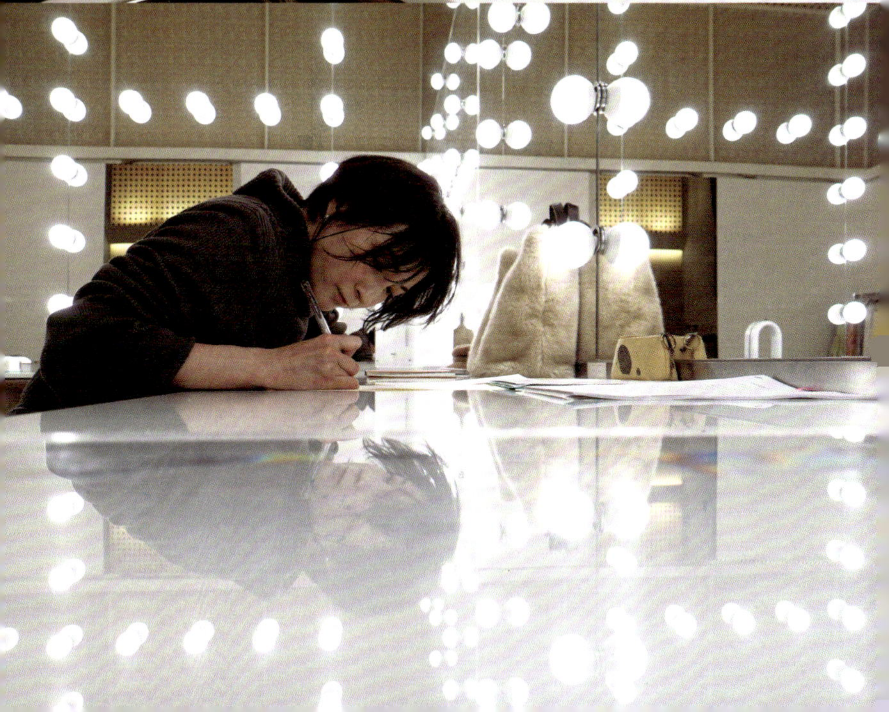

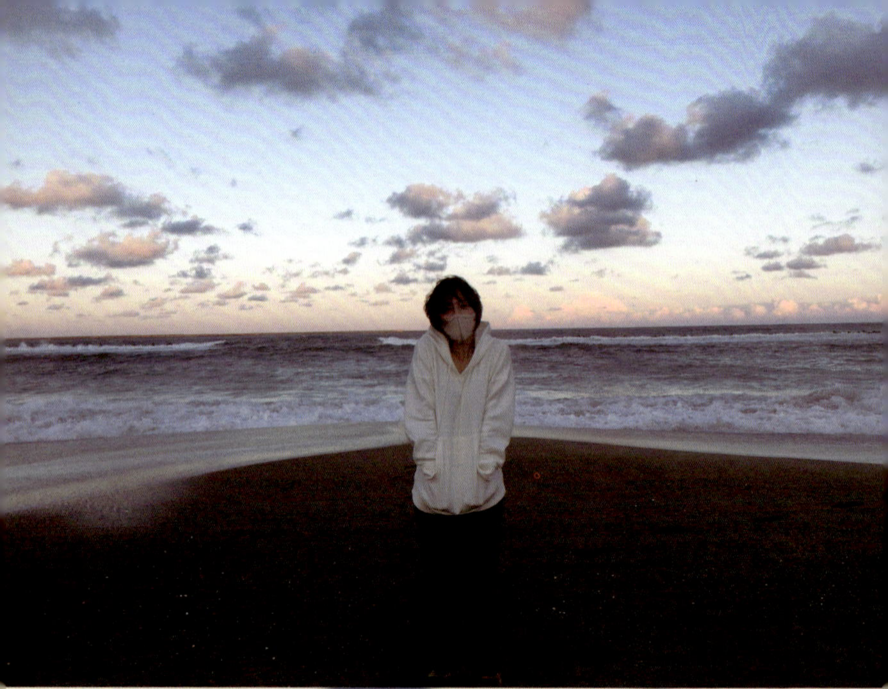

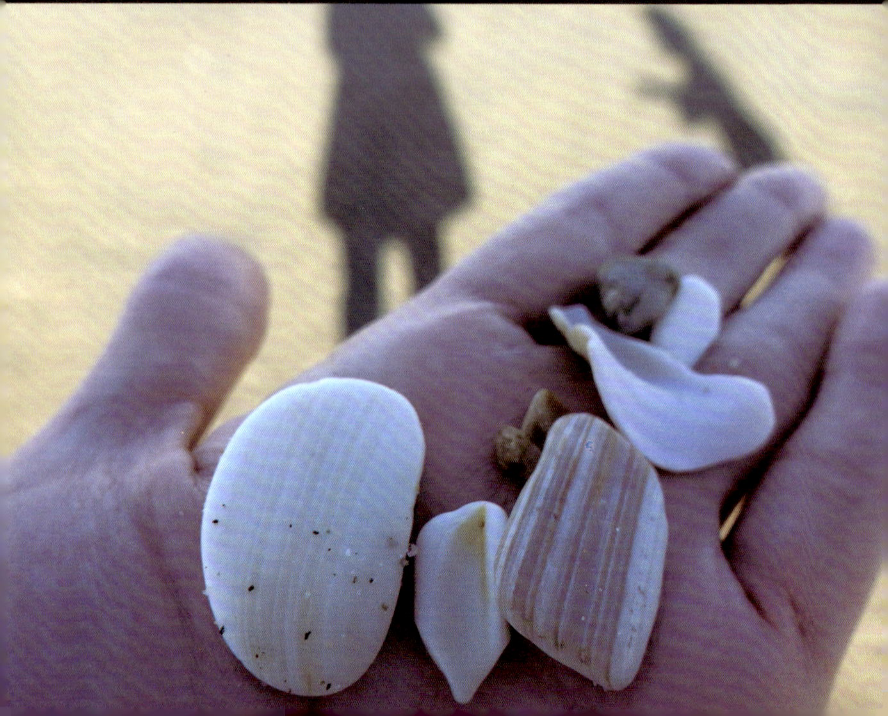

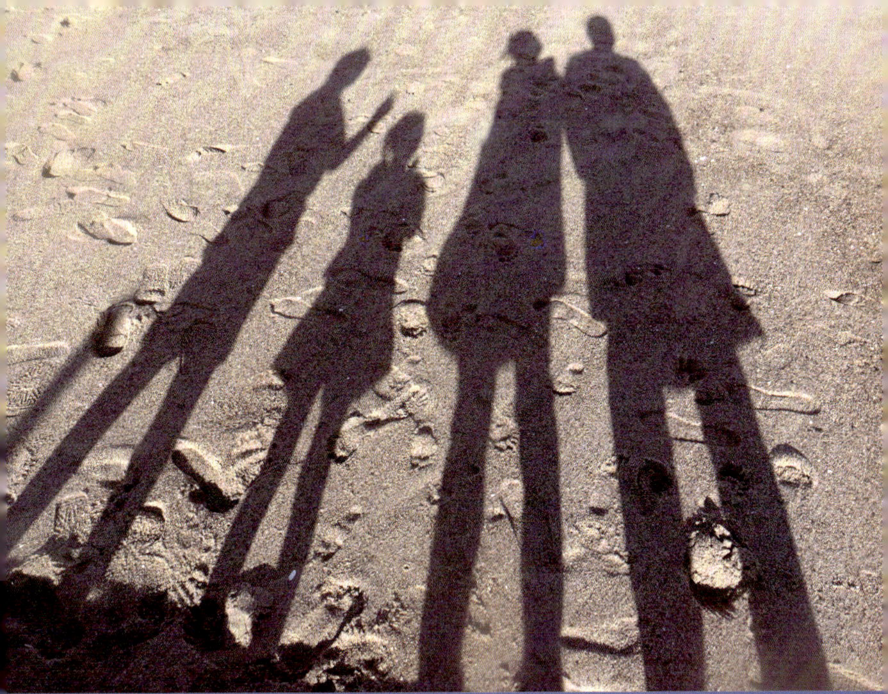
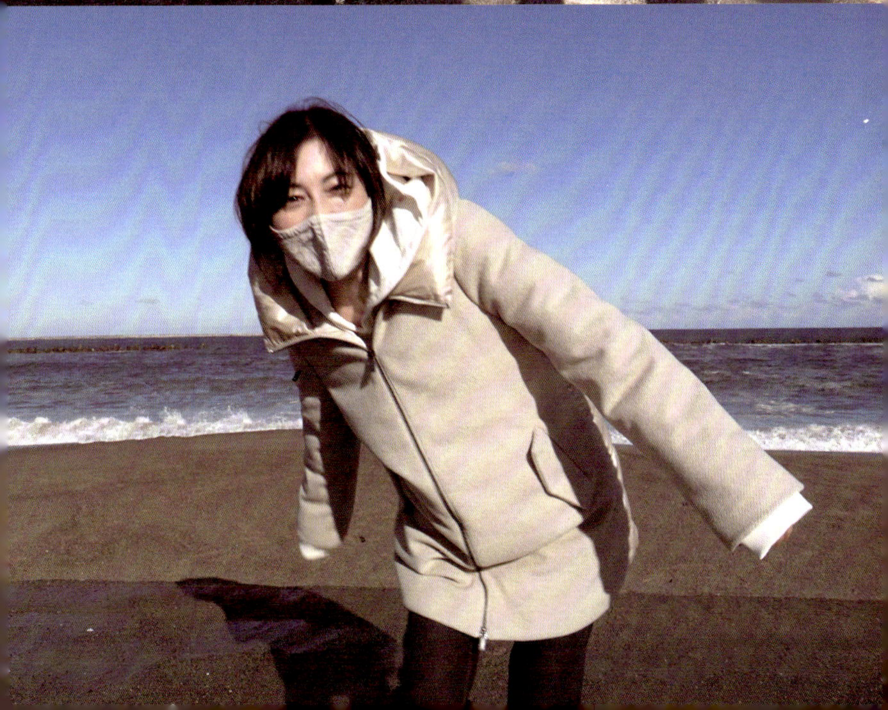

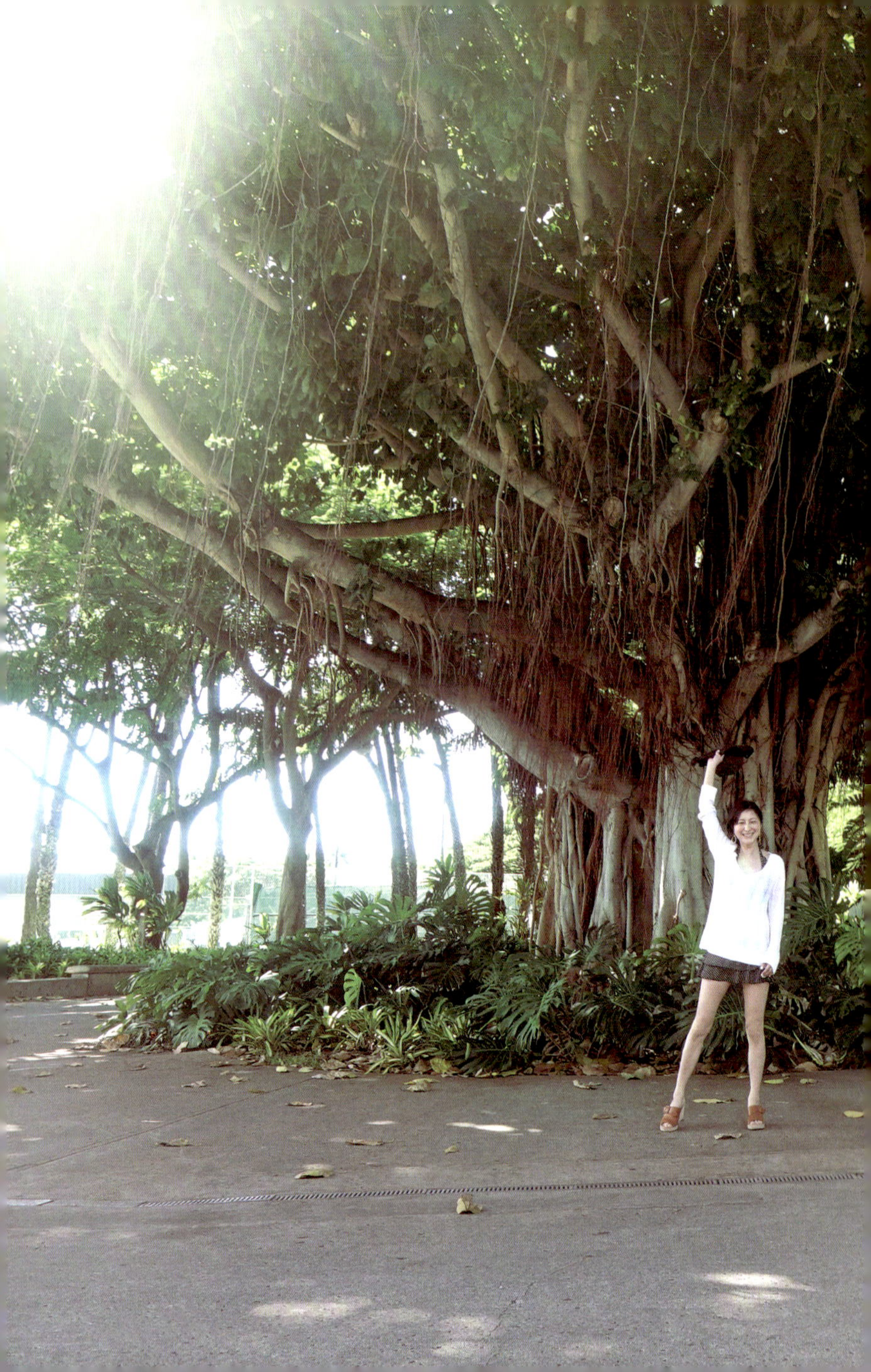

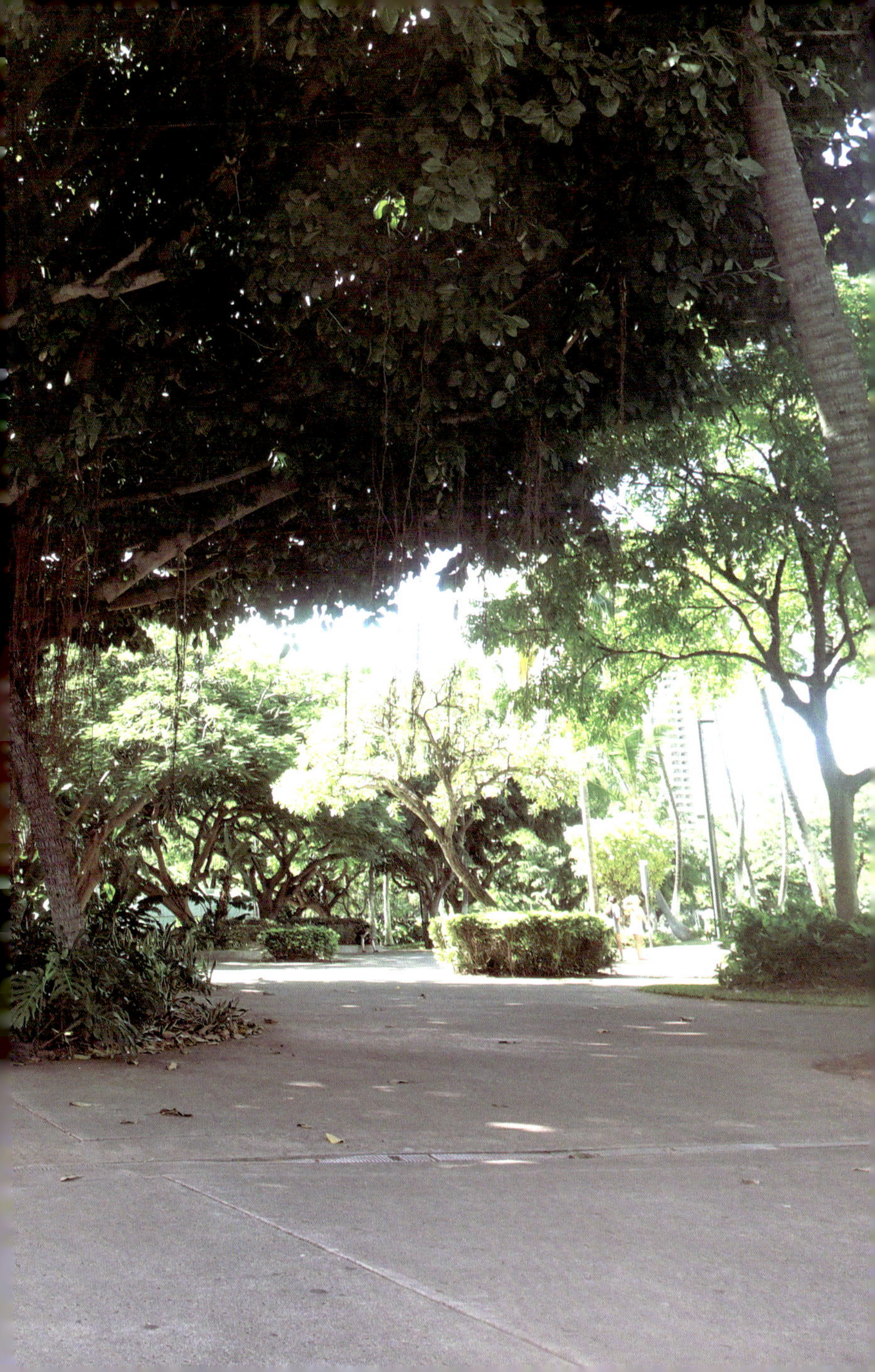

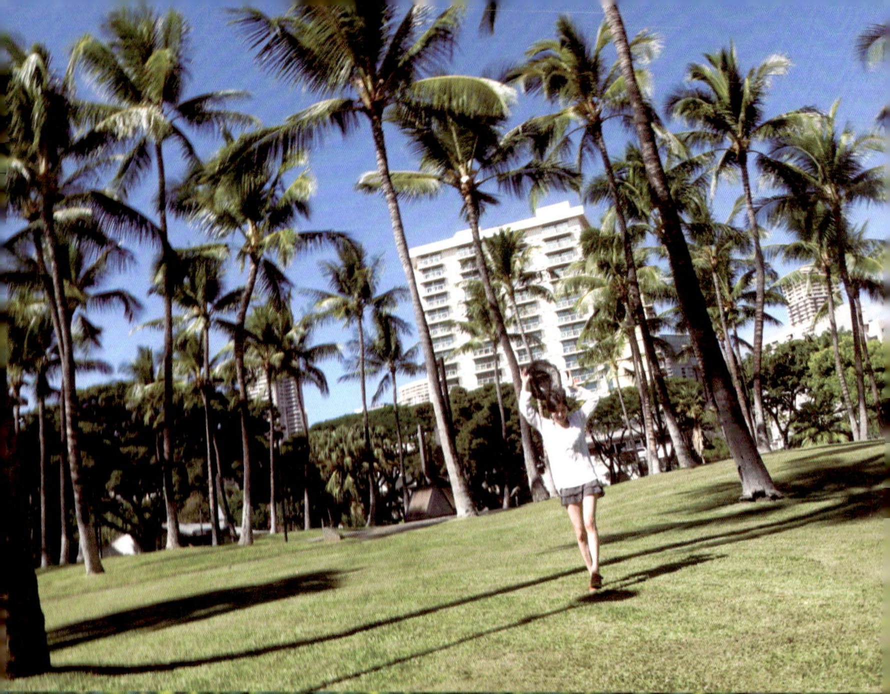

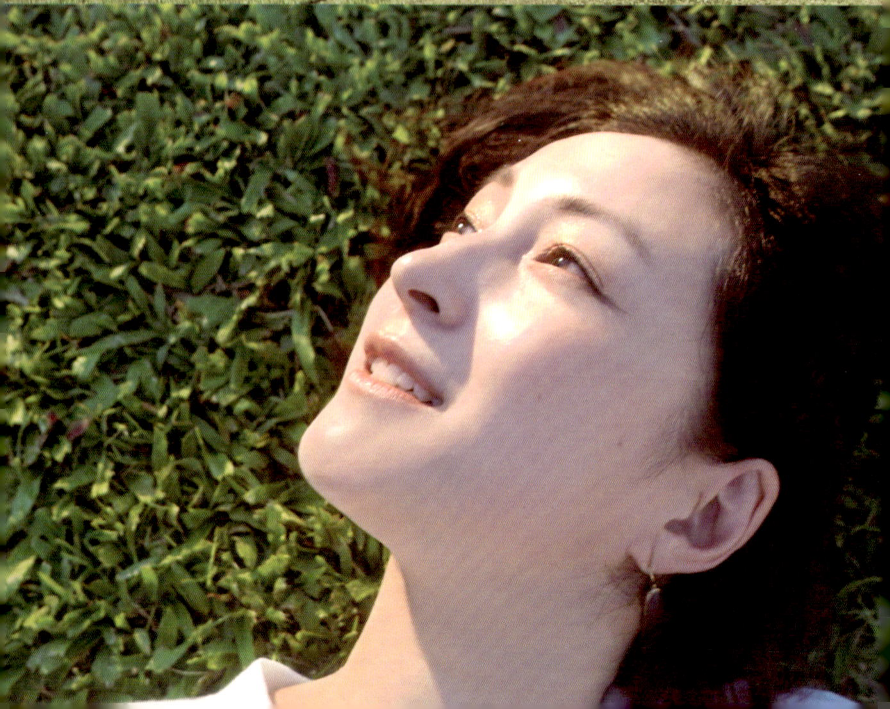

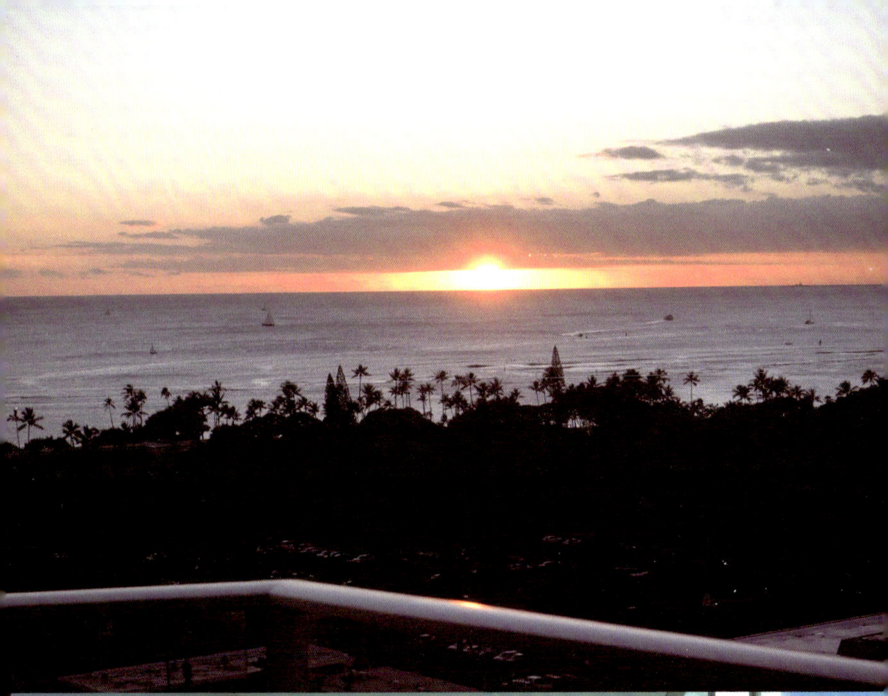
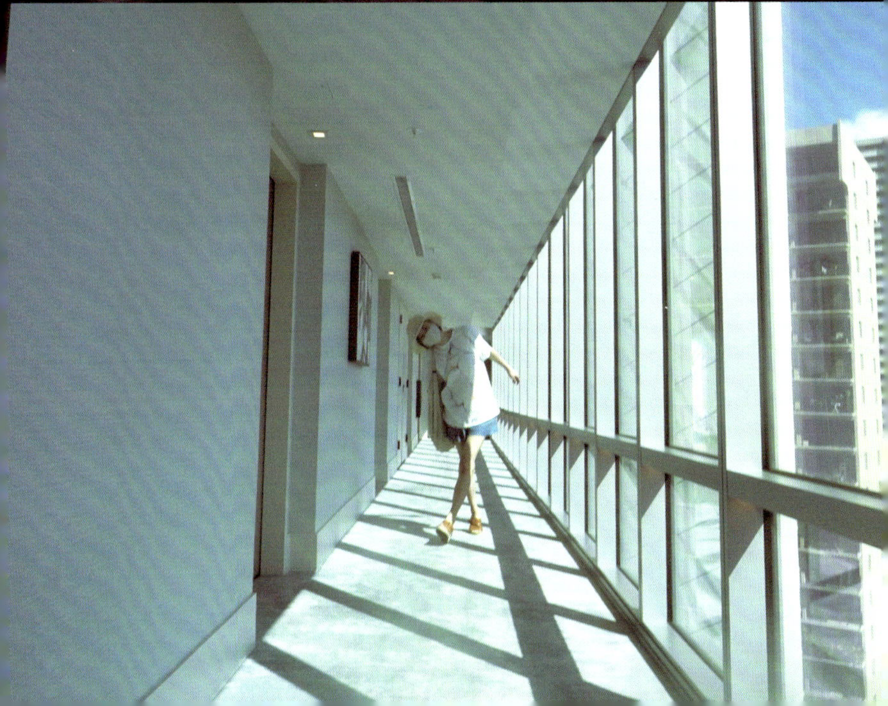

You Were Born A Photo Journal
White Pepper
White Pepper
お母さんで
いてくれて
ありがとう!!
FULL MOON
Odyssey
SUPER TOKYO
LESLIE KEE
Kiki Smith
SAHEL THE END OF THE ROAD
TAL R
ADIEU INTERESSANT

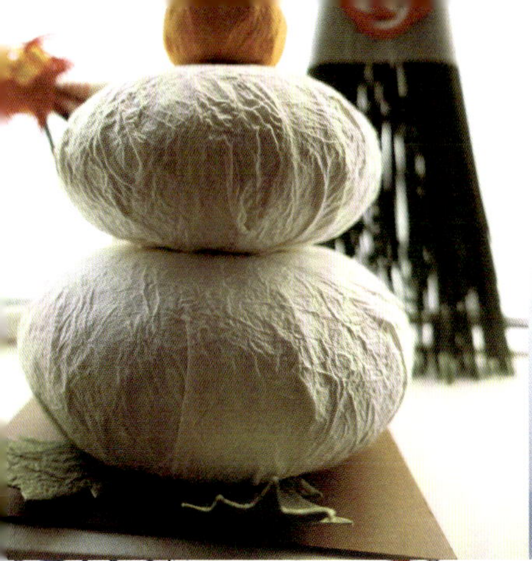
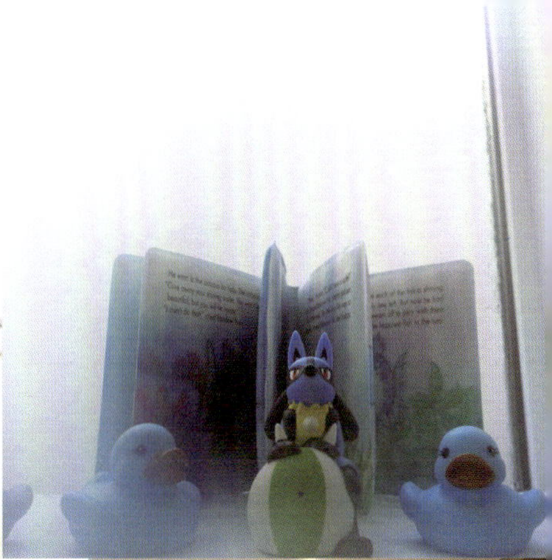
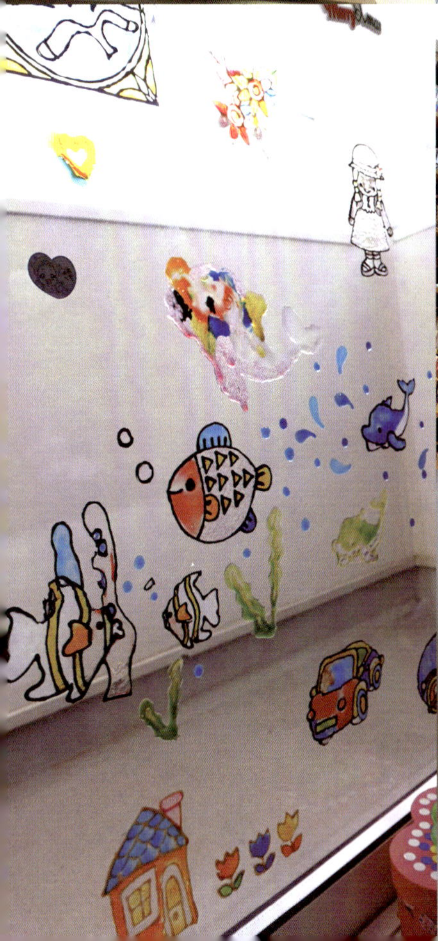
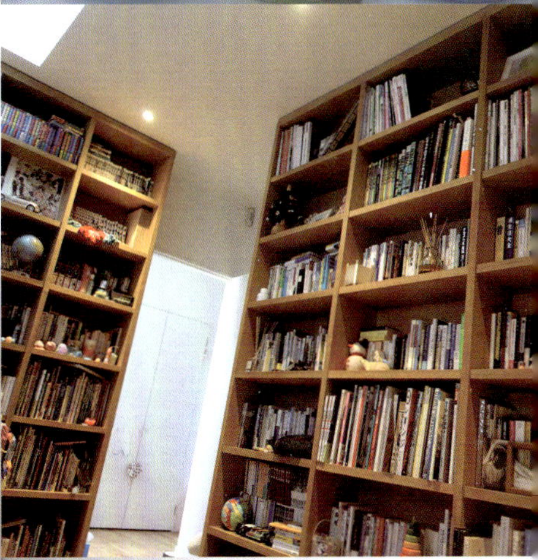
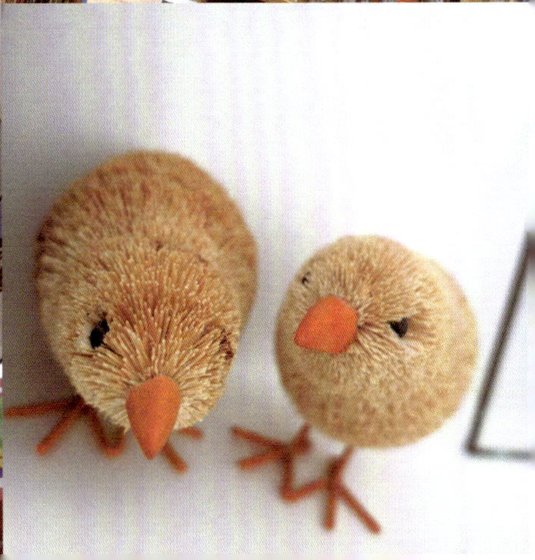

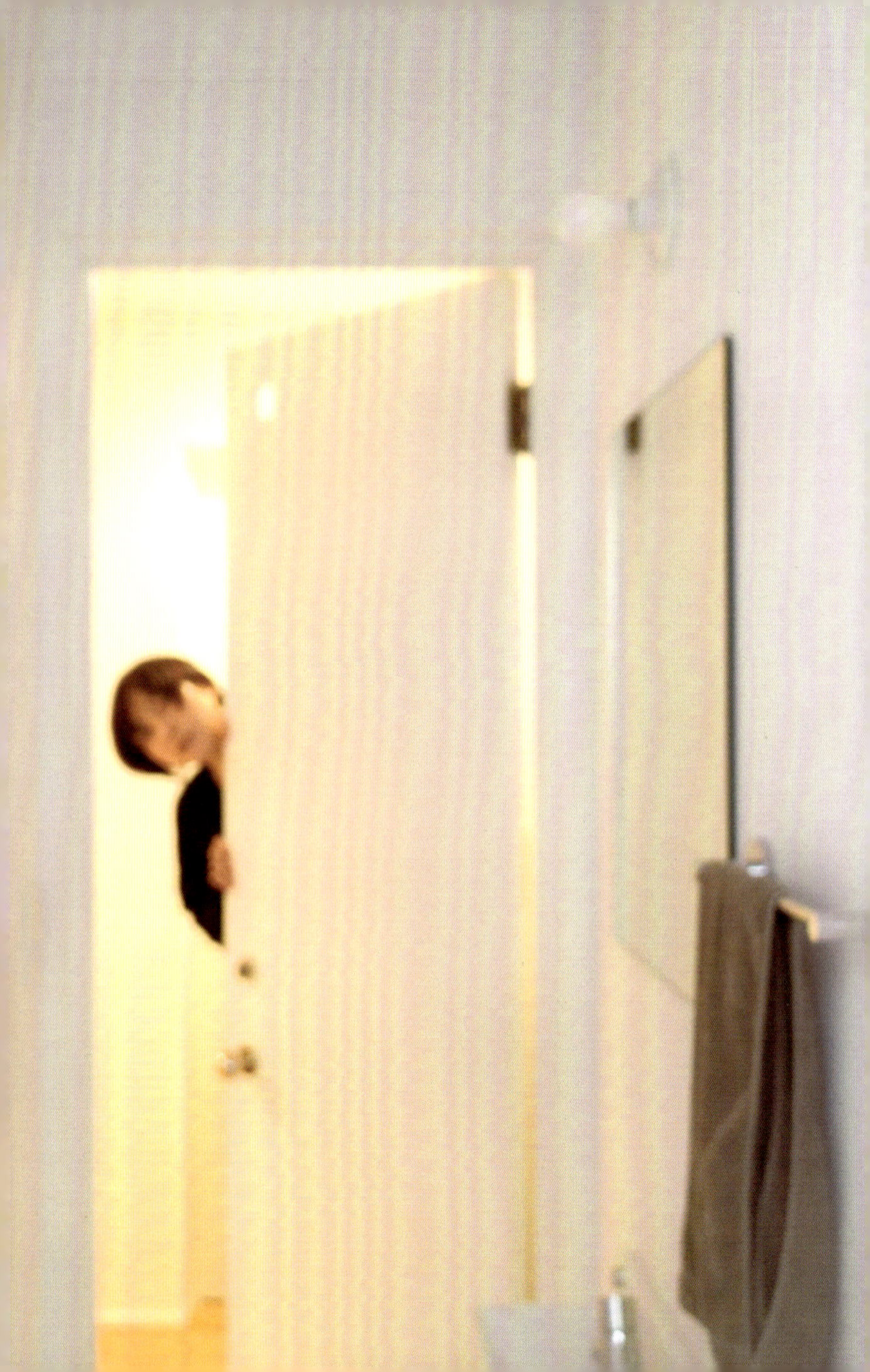

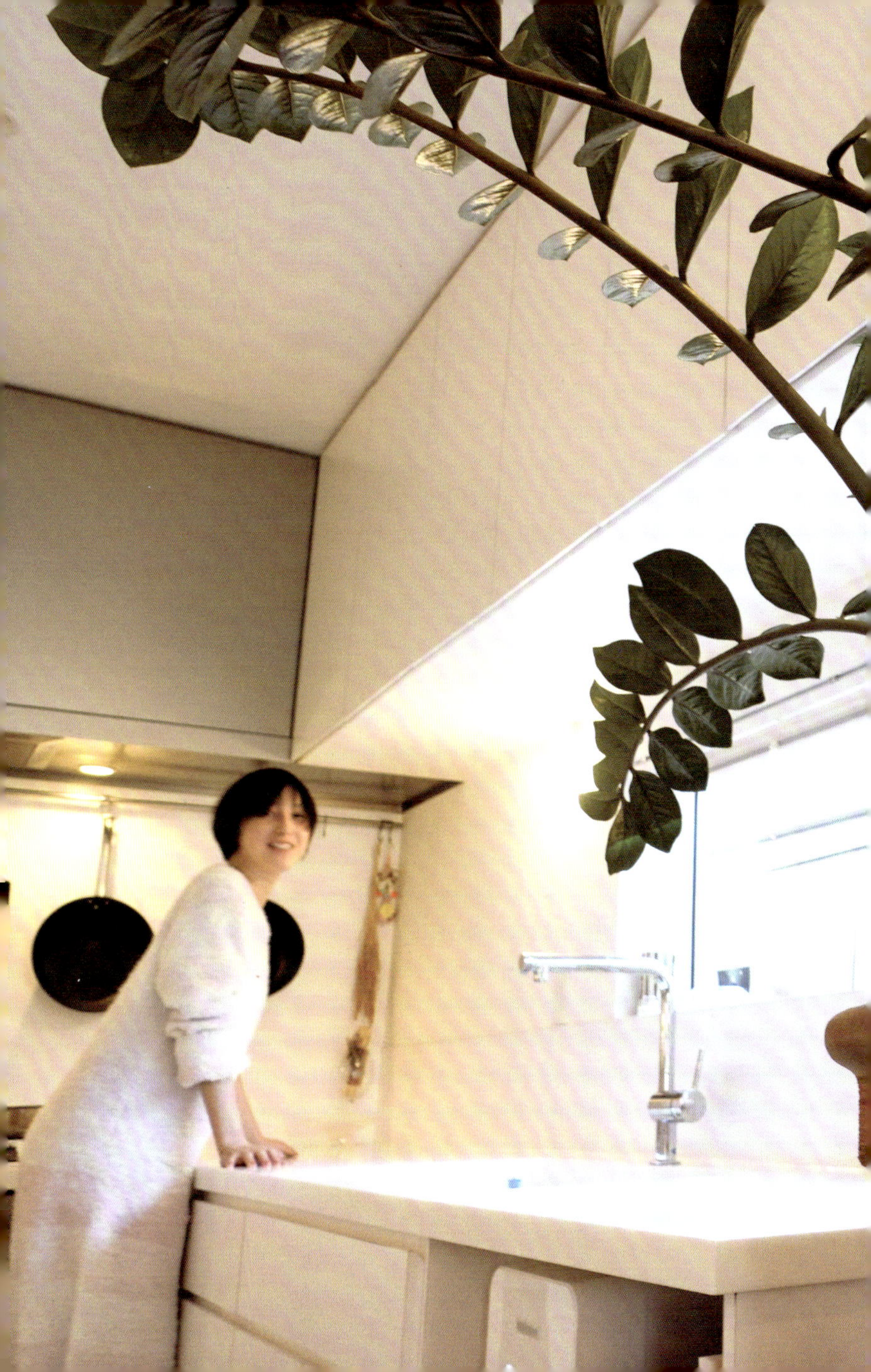